イケメン棋士の溺愛戦略にまいりました！

刺激つよつよムーブで即投了

★

ルネッタブックス

CONTENTS

Lunetta

プロローグ

午後九時半のリビングは、ときおりパソコンのマウスをクリックする音が響くだけでとても静かだ。

この家の家主である彼はテレビがあっても普段はほとんど点《つ》けないといい、自宅にいるときはもっぱらノートパソコンに向き合ってアウトプット作業をしている。

ダイニングの椅子に座り、タブレットで持ち帰りの仕事の資料を読み込んでいた沢崎佑花《さわざきゆうか》は、リビングでパソコンのモニターを見つめている日生奨《ひなせしょう》の横顔をチラリと窺《うかが》った。

現在二十七歳の彼は癖のない黒髪がわずかに目元に掛かり、きれいに通った鼻筋と理知的な印象の目元、シャープな輪郭や喉仏までのラインが端整で、モデルか俳優を思わせる容姿の持ち主だ。

日生はソファに浅く腰掛けながら、長い脚を持て余すようにしてやや前のめりにテーブルの上のノートパソコンに向かい合っており、その眼差《まなざ》しは真剣そのものだった。彼がこうしているときは周囲の物音はまったく耳に入っておらず、おそらくこちらの存在も忘れている。

その恐るべき集中力は、プロの棋士《きし》という職業を思えば当然なのかもしれない。

(こんなふうにプライベートの時間を一緒に過ごしているなんて、嘘《うそ》みたい。世間に注目されているイケメン棋士なのに)

正式に交際を始めて半月が経《た》つが、佑花と日生はこうして夜のわずかな時間にしか会うことができない。

彼は毎日のように将棋の会館に行っては対局をしたり、仲間との研究会に参加したり、プロとして教室や講座でアマチュアに指導を行っており、目が回るほど多忙だからだ。

一方の佑花もCMプロデューサーの卵としてアシスタント業務に明け暮れていて、撮影がある日などは帰宅が深夜になることもあり、暇なときはあまりなかった。

有名人である日生とは一緒に外に出掛けるのは難しく、こうして互いの自宅を行き来するのが常だ。しかし彼は佑花と会っているときも、その日の対局で気になるところがあれば棋譜の研究を始めてしまうことがあり、無言の時間が多かった。

(まあ、仕方ないよね。こういう職業の人なんだし、引っかかりがあったらとことん突き詰めたい性格みたいだし)

そんなことを考えていると、ふいに日生が我に返った顔でこちらに視線を向けてくる。

そして佑花の姿を視界に入れた途端、ばつが悪そうな表情になって言った。

「ごめん、また集中して佑花のこと忘れてたみたいだ」

「いいよ、気にしなくて。わたしも今日中に目を通しておかなきゃいけない資料があったし」

正面から見ると改めて彼の端整な顔立ちを意識してしまい、佑花はことさら何でもないふうを取り繕う。

こうしていちいち日生にときめいてしまうのは、まだつきあい始めて日が浅いからだろうか。それとも恋愛することが久しぶりで、気持ちが舞い上がっているからだろうか。

(たぶん両方かな。でもわたしたちの関係って、奨くんの職業のせいかあんまり普通じゃない気がする)

誰にもつきあっていることを言えず、一緒に外にも出られない。

こうしてわずかな時間だけ互いの家で会っているものの、黙っている時間も多く、正直なところ寂しいと感じる瞬間もなくはなかった。しかしそんな気持ちを押し隠し、佑花はあえて明るく言う。

「棋譜の研究、終わったの？」

「うん。佑花、こっちに来て」

ソファの隣をポンと叩《たた》かれ、立ち上がった佑花は言われるがままにリビングに向かう。

日生の隣に座った途端、彼の長い腕がこちらの身体《からだ》に回り、横抱きにぎゅっと抱き寄せられた。

佑花の髪に鼻先を埋めた日生が、申し訳なさそうにささやく。

「いつも放ったらかしにして、ごめん。『あの部分だけ忘れないうちに確認しておこう』とか思ってたら、いつの間にか集中してしまって、せっかく佑花が来てくれてるのに二の次にしてる」

「ほんとに気にしないで。最初の頃はびっくりしたけど、今は奨くんがそういう人だってわかってるから」

彼の男らしく硬い身体やその匂いに胸がいっぱいになり、佑花は素直に体重を預ける。

確かに放っておかれる時間もあるが、そうではないときの日生は積極的に愛情表現をしてくれる。彼に悪気がないのがわかっている佑花は、微笑《ほほえ》んで提案した。

「ね、このあいだ言ってたサブスクのドラマ見ようか。一話一時間でそんなに長くないから、大丈夫でしょ」

すると日生がわずかに腕を緩め、こちらを見下ろして言う。

「ドラマもいいけど、今は佑花に触りたいかな」

「えっ」

「駄目？」

整った顔で見つめられるとじんわりと顔が赤らみ、佑花はどう答えるべきか悩む。

本当は彼と同じで抱かれたい気持ちが強かったが、会うたびにそういうことを期待する自分が貪欲なのかと思い、あえて当たり障りのない提案をした。しかし面と向かって言われて断る理由はなく、小さな声で答える。

「駄目、じゃないよ……」

日生の顔が近づき、唇が触れ合う。

一瞬で離れたそれを名残惜しく思って目の前の彼を見つめると、再び唇を塞がれた。今度は舌が口腔《こうくう》に忍んできて、緩やかに絡められるそれに佑花は甘い吐息を漏らす。

「……は……っ」

キスをしながらソファの座面に押し倒され、身体がわずかに沈み込む。

日生が上に覆い被《かぶ》さりながら大きな手で胸のふくらみを包み込み、佑花はうっすらと目を開けて目の前の彼を見つめた。小学生の頃から棋士として非凡な才能を発揮し、一時は成績が停滞したものの、今の日生は人気と実力を兼ね備えた有名人だ。

テレビ番組やインターネットの将棋チャンネル、企業のCMや広告にも数多く出演しており、数ヵ月前はその容姿から雑誌のモデルもこなして大きな話題になっていた。

そんな彼の素顔を知っている人間はごく限られていて、そのうちの一人が自分だと思うと、佑花は誇らしさと同時に少し不安にもなる。

(いつまで奨くんとこうしていられるんだろう。わたしたちの関係が世間にばれたら、別れなき

やいけなくなるのかな)

日生とは違い、佑花はごく普通の一般人だ。

特別容姿に優れているわけでもなく、あらゆる意味で平均的で、そんな自分が彼と釣り合っていないのはよくわかっている。だが日生を好きな気持ちは誰にも負けない自信があり、腕を伸ばして首にぎゅっとしがみつくと、彼が驚いたように問いかけてきた。

「佑花、どうかした？」

「——……」

先のことはどうなるかわからないが、日生とこうしている〝今〟を大事にしたい。

わずかな時間しか会えないのだから、一緒にいるときは不安を見せるのはやめよう——そう決意した佑花は精一杯穏やかに微笑み、自ら彼に唇を寄せながらささやいた。

「……何でもない」

第一章

ＣＭはテレビやラジオ、インターネットなどを媒体とし、企業の特色やサービス、商品を宣伝するために有効なツールだ。

限られた予算の中でいかに伝えたいことを凝縮するか、ユーザーの目に留まるものを作れるかが重要で、十五秒ないし三十秒の中で印象に残る企画を上げるのが、ＣＭプランナーの主な仕事になる。

イーサリアルクリエイティブは独立系広告制作会社で、クオリティの高い映像制作で知られ、大手広告代理店を挟まずクライアントとの直接取引で収益を上げている企業だった。

その業務内容は幅広く、ＣＭやアーティストのＭＶ、デジタルサイネージ向け映像やプロモーション映像制作などで、プランナーである佑花は企画の立案と作成をする一方、ときにはプロデューサー業務も兼務して映像制作の企画と制作、撮影と編集、納品などすべての工程に携わっていた。

その日は社内で清涼飲料水メーカーのＣＭに関する初回の打ち合わせが行われ、クライアントとどんな内容にするかを話し合った。その内容を元にディレクターが企画と構成を練るため、打ち合わせ終了後にパソコンに向かってレジュメをまとめながら、佑花は考える。

（Ｓ社さんの主力商品である、お茶の新規ＣＭか。今回から出演者を一新するっていうから、きっと力が入ってるんだろうな）

佑花の会社ではＣＭプロデューサーが商品のターゲット層や期待する効果、ブランドのイメージを元に企画書を立ち上げるが、出演するタレントの雰囲気も重要だ。

今回のキャスティングはプロ棋士の日生奨、そしてその師匠の波部和宏《はべひろかず》となっており、何となく名前は知っているものの将棋に詳しくない佑花は、パソコンで別タブを開いて彼らについて調べてみる。

波部の年齢は六十一歳で、段位は九段だ。かつて王位のタイトルを獲得したあと二度防衛し、棋戦優勝十回、Ａ級在位通算十一期の実力派らしい。現役棋士の弟子が三名おり、後進の指導に熱心だという。

そして今回のキャスティングのメインである日生の名前を打ち込んで検索した佑花は、それをじっくりと読み込んだ。

（日生奨、二十七歳。波部和宏九段の門下で、十五歳で四段に昇段、プロ棋士になる。……高校一年生でプロって、すごいんじゃない？）

インターネットの記事によると、日生は小学五年生でM戦の小学生部門で優勝し、勧奨会に入会したらしい。

十三歳七ヵ月のときに史上最年少で勧奨会三段に上がって話題になり、中学生棋士となることが期待されたもののそれは果たせず、十五歳でリーグ一位の成績となって四段に昇格、つまり高校一年生でプロ棋士になったという。

翌年に新人のO戦優勝、C級一組に昇格して五段に昇段、十八歳でO戦の本戦出場を果たすも準決勝で敗退。二十二歳でJ戦の勝数規定により六段に昇段したが、そこから三年間低迷期に入ったようだ。

しかし二十五歳のときにようやくスランプを脱し、Rランキング戦三組で優勝して二組へ昇級、七段に昇段。翌年もRランキング戦連続昇級によりA級に昇級、八段に昇段したと書かれている。

（プロになったのが早いし、天才肌の人なんだ。それにしてもこの人、すごいイケメンだな）

インターネットで検索すると日生の写真が何枚も出てくるが、ハッとするほど端整な顔立ちの持ち主だ。

癖のない黒髪は清潔感のある長さで、涼やかな印象の目元や高い鼻梁《びりょう》、薄い唇が形作る容貌は俳優のように整っている。均整の取れた体形にスーツがよく似合っていて、その並外れた容姿と実力で注目度が高まっているようだ。

最近はテレビやインターネットの番組、大盤解説会での理路整然とした語り口、そして聞き取りやすい美声で人気を博して、ＣＭや広告に起用されることが多いらしい。

今回の清涼飲料水メーカーは業界の大手で、今回から出演者を一新するタイミングで採用されたのなら大抜擢ということになる。佑花が感心してパソコンの画面を眺めていると、企画演出部の部長でプロデューサーの外塚《とのづか》が声をかけてきた。

「沢崎、撮影場所の候補をいくつかピックアップしたから、許可が取れるかどうか連絡してみてくれ。下見《ロケハン》も必要だから、その旨を撮影候補先に伝えておくように」

彼は業界でも有名なＣＭプロデューサーで、これまでいくつも賞を獲ったことがあり、佑花が所属する部の上司だ。

アートディレクションを含めたすべての演出を手掛け、カメラマンやフォトグラファー、コピーライターやデザイナーといったチーム全体を取りまとめて指揮を執る立場にある。佑花は外塚からメモを受け取り、その内容を眺めながら頷《うなず》いた。

「わかりました」

「さっきから真剣な顔して、何見てんだ？」

パソコンの画面をひょいと覗《のぞ》き込んできた彼が、「ああ、日生奨の経歴か」とつぶやき、言葉を続ける。

「彼、すごいよな。しばらく低迷してたのに突然スランプから脱して、ウェブ番組の早指し団体戦であの仲上亨《なかがみとおる》名人や浅石真一《あさいししんいち》R王を次々破ったんだから。てっきりまぐれかと思ったけど、それからぐんぐん調子を上げて八段に昇段するなんて、たいしたもんだよ」

「部長、将棋がお好きなんですか？」

「高校のときにちょこっと齧《かじ》った程度だけどな。それでも日生八段のすごさはわかるし、それでいてこのイケメンぶりだろ。ＣＭや広告案件が増えてるのも納得だよ」

ＣＭ制作はトータルでだいたい二、三カ月かかり、クライアントとの綿密な打ち合わせを経て台本と絵コンテの作成、タレントのキャスティング、撮影場所の検討などをプロデューサーが行う。台本にＯＫが出ると撮影許可の取得や下見のスケジューリング、衣装や道具の準備、カメラマンやスタイリスト、メイクアップアーティストの手配などをアシスタントである佑花が担当することになり、独楽鼠《こまねずみ》のように動き回る忙しい時期だ。

実際に撮影になると、スタジオは天候に関係なく進行できるが屋外の場合は悪天候で変更になる場合があるため、数日の予備日の確保も重要だった。当日はクライアントにも立ち会ってもらい、演出やイメージに相違がないかどうかを映像を見て確認してもらうというプロセスも必要になる。

その日は朝から快晴で、絶好の撮影日和だった。今回はペットボトルの緑茶のＣＭ撮影で、美しい庭園が眺められる日本家屋で日生と師匠の波部が将棋を指し、お茶を飲む姿を撮影する予定となっている。

「波部さん、日生さん、準備ができました」

カメラや照明のセッティングをする傍《かたわ》らで進行状況を確認していたところ、控室から出てきたメイク担当がそう告げてきて、佑花は全体に聞こえるように声を上げる。

「波部さん、日生さん、入りまーす」

やがて磨き上げた廊下の向こうから二人がやって来たが、佑花は日生の姿に釘付《くぎづ》けになった。

（すごい、……恰好《かっこう》いい）

彼らが撮影場所に現れたとき、佑花は他の作業をしていて出迎えの中にいなかったため、生で日生を見るのはこれが初めてだ。

世間では棋士は和服というイメージがあるものの、通常の対局ではスーツの着用が一般的らしい。だが今回はＣＭ撮影ということで、彼は亀甲絣《きっこうがすり》の黒の夏大島《なつおおしま》に首里花織《しゅりはなおり》の角帯を合わせ、明《あか》石縮《しちぢみ》の茶の薄羽織という落ち着いた和服姿だ。

今はまだ五月の初旬だが、ＣＭのオンエア時期である初秋にふさわしい装いで、日生が持つ品のよさを引き立てている。

一方の波部は小柄で優しそうな風貌の男性で、こちらも秋らしい和服姿がしっくりと馴染《なじ》んでいた。撮影スタッフのところまでやって来た彼らが、頭を下げて折り目正しく挨拶をする。

「波部和宏と申します」

「日生奨です。本日はどうぞよろしくお願いいたします」

するとと外塚が出迎え、笑顔で言う。

「こちらこそ、どうぞよろしくお願いいたします。お二人とも、和服がよく似合ってらっしゃっていて素敵ですね。日生さんは普段から着られているんですか？」

彼に質問された日生が、さらりと答えた。

「タイトル戦などの大一番くらいですね。滅多に着ないので、毎回緊張します」

彼の口調は落ち着いていて、その物腰は堂々としており、自分と一歳差とはとても思えない。

そんなことを考えながら脇に控えた佑花は、撮影の様子をじっと見守った。日生と波部は広々とした和室に正座し、将棋を指す。

自然な姿を撮りたいという外塚の意向で実際に対局してもらったが、日生の正座する姿は端然としており、その静謐《せいひつ》な雰囲気に思わず見惚《みと》れてしまった。それは他の女性スタッフも同様だったようで、彼女たちは撮影終了後に感嘆のため息を漏らして言った。

「素敵ですねえ、日生八段。ただ座っているだけなのに、凛《りん》としていて」

「考え込んでいる姿すら素敵なんですよ。ずっと見ていられる感じ」

確かに普段からCM撮影で芸能人に接する機会の多い佑花だが、彼はそうした人種と比べて何ら見劣りせず、むしろ独特の存在感があって印象深い。

(将棋が強いのって、つまり頭脳明晰《ずのうめいせき》ってことだよね。それに加えてあの容姿って、人気があるのも頷けるな)

撮影は半日で終わり、その後は編集作業に入る。

十五秒か三十秒の内容に納めるCMは、当然ながら撮影したすべての映像を使うことができないため、まずは不要な部分を削ることが必要だ。絵コンテを元に映像を並べ替えながらざっくりとした仮編集を行うが、この作業に一日から数日かかる。

効果音やナレーション、商品名を入れてイメージに近いものを作り上げていく過程は興味深く、アシスタントの佑花は進捗確認のためにときどき作業を覗きに行きつつ、うずうずとした思いを噛《か》みしめた。

(仮編集の作業、楽しそう。来年あたり、オフラインエディターを経験するのもいいかも)

佑花が働いているイーサリアルクリエイティブは、入社して数年間は裏方全般をこなして仕事の流れを覚えなくてはならないものの、希望すればいろいろな部署に異動が可能で、幅広い業務に携わることができるようになっている。

今日は撮影があって出勤時間が早かった佑花は、午後七時に退勤した。会社がある赤坂《あかさか》から自宅の最寄《もよ》り駅である幡ヶ谷《はたがや》駅までは三十分ちょっとの距離で、スーパーで少し食料品を買ってから午後八時前に帰宅する。そして簡単な夕食を取ったあと、グレーのTシャツとショートレギンス、白のキャップという動きやすい服装に着替え、玄関でジョギングシューズを履いた。

(よし、行くか)

中学高校と陸上部だった佑花は、社会人になってからも毎日のジョギングを日課にしている。納期前で帰宅が遅くなったときや悪天候のときはさすがにパスするが、午後十時くらいまでに帰宅できれば、多少の雨でも走りに行っていた。

ルートは毎回決まっていて、自宅から代々木《よよぎ》公園まで走り、園内のランニングコースを回って戻ってくるトータル三十分ほどの距離だ。音楽を聴きながら走り始めた夜の往来は、昼間に比べて閑散としていて、犬の散歩をする人や連れ立って歩くカップルの姿があり、まったくの無人ではない。

代々木公園は皇居や神宮外苑《じんぐうがいえん》、赤坂御所《あかさかごしょ》などと並ぶランナーの人気コースで、周辺に近づくにつれてジョギングする人の姿が増えていく。園内の中央広場を囲む周回コースは一キロちょっとで、女性の足だと八分ほどで走れる距離だ。

走路が広くて走りやすく、噴水からスタートして一周した佑花は、自動販売機のところで息を切らせて休憩した。

（もう五月も半ばだし、夜の気温がだんだん上がってきた気がするな。夏になると夜でも二十五度を超えてたりするから、今からうんざりしちゃう）

自動販売機で水を買い、少し離れたところでキャップを開けながらそんなことを考えていると、ふいに若い男性とおぼしきランナーが走ってきて足を止め、こちらと同様に水を買って休憩を始めた。

彼はスラリと背が高く、適度に厚みのある均整の取れた身体つきをしていて、頭の小ささや長い手足がまるでモデルのようだ。黒のストレッチ素材のTシャツとハーフパンツという服装がよく似合っており、キャップを目深に被った上にマスクをしている。

それを見た佑花は、内心「もしかして、芸能人とかかな」と考えた。

（あのマスクは感染症予防なのかもしれないけど、屋外なら外せばいいのに。わたしなら息苦しくて死んじゃいそう）

すると男性が視線を感じたようにこちらを向き、佑花は慌てて目をそらす。

気がつかないうちに不躾《ぶしつけ》な視線を向けていたかもしれず、気を悪くさせたかもしれないと思うといたたまれない気持ちになった。しかしその瞬間、男性が「あ」と小さく漏らして、佑花は驚いて彼を見る。

「えっ？」

「こ、こんばんは」

男性がぎこちなく挨拶をしてきて、佑花は「どこかで会ったことがある人かな」と考えつつ言葉を返す。

「……こんばんは」

「…………」

じっと男性を見つめたところ、彼の顔がぶわっと赤くなっていく。

予想外の反応に驚いた佑花は、改めて彼を見つめた。モデルを思わせるしなやかな体形の男性は、帽子とマスクで容貌がわかりづらいものの顔立ちがひどく整っているのがわかる。

それを見るうちにある人物に思い至り、信じられない思いでつぶやいた。

「あの、もしかして日生奨さんですか？」

「…………。はい」

小さな声で答えた彼――日生が、自身の手で口元を押さえながら思わぬことを言う。

「すみません、……あまりこちらを見ないでもらえますか」

「えっ？」

「僕は極度のあがり症なので」

何と言葉を返したらいいのかわからず、佑花はその場に立ち尽くした。

目の前で赤面している男性は、二日前に撮影で見た姿とは大違いだ。あの日、師匠である波部と共に現れた彼はひどく堂々としていて、受け答えがしっかりしていた。

カメラの前で将棋を指す姿には静謐さが漂い、一歳違いとは思えないほどの落ち着きぶりを醸し出していたが、今の日生はそれとは真逆の姿だ。ひょっとすると別人かと思えるほどの変貌ぶりに驚きを隠せず、佑花はしどろもどろに応える。

「あの……数日前は、撮影でお世話になりました。わたしのこと、覚えてらしたんですね」

「はい、沢崎佑花さんですよね。株式会社イーサリアルクリエイティブ、企画演出部プランナーの」

「所属部署まで覚えていらっしゃるんですか？」

びっくりして問いかけると、彼が事も無げに言った。

「一度見たら、大抵のものは覚えられます。職業病のようなものなので」

日生の職業は棋士だが、挨拶のときに手渡された名刺の内容を瞬時に覚えてしまったのなら驚異的な記憶力だ。そんなふうに考えながら、佑花は彼を見上げて告げる。

「まさかこんなところでお会いするなんて、驚きました。ジョギングをされて……？」

「はい」

「わたしの家は幡ヶ谷にあって、代々木公園までジョギングするのが日課なんです。帰宅が遅い日とか、よっぽど天気が悪い日はパスするんですけど」

すると日生はこちらから微妙に視線をそらしながら、小さな声で答える。

「僕も……ジョギングや筋トレを日課にしているんです。体力をつけなければならないので」

彼は相変わらず顔を真っ赤にしていて、極度に緊張しているのがわかる。

それはメディアに出ているイメージとはまったく違い、佑花は内心ひどく混乱していた。会話が途切れ、互いの間をぎこちない空気が流れる。やがて日生が再び口を開いた。

「……すみません。僕が撮影のときと雰囲気が違うので、混乱してらっしゃいますよね」

「あの……はい」

「先ほども言ったように、僕は極度のあがり症なんです。人と会話をすることが苦手で、すぐに赤面してしまうのが悩みで」

それを聞いた佑花は、極力彼を傷つけない言い方を選びつつ問いかけた。

「でも対局のときやCM撮影のときは、ものすごく落ち着いてらっしゃいましたよね。受け答えもしっかりされていて、緊張しているようにはお見受けしなかったのですが」

「あれは意識して〝対局モード〟にしているからです。将棋を指しているときの僕は冷静で、頭の中で何十手も先の駒を動かしている状態なので、目の前のことがいい意味で二の次になります。

だから番組や大盤解説会でも、落ち着いた口調で話せているんです」

日生は「でも」と言葉を続けた。

「そういうモードではないときに人と話すと、駄目なんです。一気に顔が赤くなって、相手の目を見て話すことができません。今までは何とか誤魔化せていましたが、こうしてオフのときに沢崎さんに会ってしまったのですから、もう仕方ないですね」

佑花は目の前で悄然《しょうぜん》と肩を落とす彼を、気の毒に感じる。

あれほど堂々としていた日生が、本当はコミュ障なのだという事実がまだ信じられない。だが少しでも不安を取り除いてあげたくてたまらず、顔を上げて言った。

「あの、わたしは日生さんがあがり症だという事実を誰にも話すつもりはありません。今日ここで会ったことも内緒にしますから、どうかご安心ください」

すると彼が目を瞠《みは》り、まじまじとこちらを見る。マスクをしていてもわかるイケメンぶりにドキドキしつつ佑花が視線を返すと、彼はふと微笑んで言った。

「ありがとうございます。そう言っていただけて、うれしいです」

「本当です。友人にも、家族にも話すつもりはありませんから」

語気を強めて言うと、日生が面映ゆそうな表情で頷く。

「信じます。沢崎さんは撮影現場でも楽しそうに笑ったり、僕と師匠の将棋を見て感心したりと、感情が素直に顔に出る方だなと思っていました。そんなあなたが真剣な表情でそう言ってくださるんですから、信用しますよ」

それを聞いた佑花はホッとし、ぎこちなく告げた。

「えっと、じゃあわたしはもう行きますね。先日撮影したものに関しては現在仮編集中で、クライアントさんのＯＫが出て本編集が終了したら、日生さんも見られるようになるはずです。楽しみにしていてください」

一礼して走り出そうとした瞬間、彼が「待ってください」と言って呼び止めてくる。

佑花が「はい？」と言って振り返ったところ、正面から目が合った日生がじわりと顔を赤らめて言いよどんだ。

「ええと、その……」

焦らずに返答を待っていると、何度か深呼吸をした彼がようやく口を開く。

「僕の事情は……先ほど説明したとおりです。こんなふうに人と上手《うま》くコミュニケーションが取れないことがコンプレックスで、ずっと悩んできました。僕を昔からよく知っている人たちはこういう性格だとわかってくれていますが、このままでは人と接するうちに襤褸《ぼろ》が出てしまうのは時間の問題だと思います」

確かにそうかもしれない。

日生が言うところの〝対局モード〟にすぐ切り替えられるならいいのだろうが、今のように突然誰かに会った場合は即座に対応するのは難しいだろう。佑花がそんなふうに考えていると、彼が「ですから」と思いがけないことを言う。

「沢崎さん、僕とときどきこうしてお話ししてもらえませんか」

「えっ？」

「あがり症を克服するため、夜のジョギングで会ったときにリハビリ的に少しお喋《しゃべ》りしてほしいんです。僕も対局で遠方に行かなくてはならないとき以外は、ほぼ毎日走っています。ですからこうして会ったときにでも、会話をしていただけたらと」

「――……」

「いけませんか」

日生の眼差しは真剣で、突然こんな申し出をすることへの強い葛藤がにじんでいる。

おそらく彼にとって極度のあがり症は長年の悩みであり、藁《わら》にも縋《すが》りたいという切実さがあるのだろう。

（無茶なお願いをされているわけじゃないし、別にいいかな。偶然日生さんの秘密を知ってしまったけど、何だか気の毒だもんね）

そう結論づけた佑花は、日生を見上げて笑顔で答える。

「いいですよ」

「えっ、本当ですか？」

「はい。こうしてジョギングのついでにお話しするくらいなら、まったく負担ではないので」

するると彼はみるみる目を輝かせ、こちらを見下ろして言う。

「ありがとうございます。こんなおかしなお願い、引かれても当たり前なのに快諾してくださって」

「気にしないでください。じゃあ、今日のところはこれで失礼します」


一礼して日生と別れ、自宅に向かって走り始めた佑花は、彼との会話を反芻《はんすう》していた。

（日生さん、撮影のときは落ち着いていて大人っぽい印象だったのに、あんなに顔を真っ赤にするなんて。人は見かけによらないな）

まるで別人のような変貌ぶりに今も頭がついていけていないが、実際に目にしたことがすべてなのだろう。

だがジョギングで会ったときに軽く会話をするくらいなら、こちらには何の負担もない。元々守秘義務のある職場で働いているため、彼について黙っているのは造作のないことだ。

それから佑花は、週に一、二回の頻度で日生と顔を合わせるようになった。特別待ち合わせるわけではなく、最初に会った自動販売機のところで休憩していると、どちらかがやって来るという形だ。

彼は佑花の姿を見るといつもぶわっと顔を赤らめ、小さな声で「こんばんは」と挨拶してくる。会話はぎこちなく、いつもこちらから話題を振るのが常だったが、しどろもどろになりながらも一生懸命に応えてくれた。

「日生さん、笹塚《ささづか》から走ってるんですか？　すごいですね」

「距離にすると、たぶん二・五キロ弱くらいです。代々木公園のランニングコースを一周して一キロちょっとなので、帰りを含めるとトータル六キロですね」

日生はそれを、四十分ほどかけて走っているらしい。

聞けば棋士は対局が長時間に及ぶこともあるため、体力作りで運動をする人が多いという。佑花は首を傾《かし》げて問いかけた。

「不勉強で申し訳ないんですけど、長時間って一体どのくらいですか？」

「タイトル戦やJ戦では対局中に各自使える時間が決められていて、長いものだと九時間、タイトル戦だと二日間に亘って行われたりもします」

多くの選択肢の中から次の手を検討して考え込むことを〝長考〟というが、その場合はチェスクロックでそれぞれの残り時間が表示されるという。

「確かにお互いにそれだけの時間がかかるなら長丁場ですし、体力を使いそうですね」

「タイトル戦ともなると正座のまま深夜まで将棋を指すため、棋士の体重は一日で二、三キロ落ちます。大きいタイトル戦は二日間にかけて行われますから、終わったあとに疲労で立ち上がれなくなる棋士もいるんですよ」

日生の話から今まで知らなかった世界を垣間見《かいまみ》ることになり、佑花は少しずつ将棋に興味を抱く。

こちらが質問をすると彼はわかりやすく説明してくれ、心なしか饒舌《じょうぜつ》になるのが印象的だった。

相変わらず帽子を目深に被り、口元にマスクをしていて、気になった佑花は日生に問いかける。

「あの、ジョギングするのにマスクって苦しくないですか？　これからどんどん暑くなりますし、外したほうがいいんじゃ」

すると彼が眉を上げ、ばつが悪そうに言った。

「実は……顔を出して歩いていると、知らない人に声をかけられることが多くて。握手やサインを求める人だかりができたり、自宅まで後をつけられそうになったことがあるので、外を歩くときは極力顔を隠しているんです。見苦しくてすみません」

「見苦しいなんて、そんな。そうですよね、日生さん、芸能人並みに人気の棋士なんですもんね」

「僕を通じて将棋に興味を持ってくれるのは大歓迎なんですが、やっぱりコミュ障なので、急に声をかけられるのが怖いんです。だからマスクで顔を隠していたほうが安心します」

そうは言っても日生の顔立ちの端整さは帽子とマスクで隠しきれるものではなく、スラリとした体形も相まって、公園内を走る女性ランナーが興味を引かれたようにチラチラとこちらを見ている。

(この人、マスクをしてても本当に整った顔をしてるもんね。脚もびっくりするくらい長いし、体形もアスリートっぽくて、女の人が思わず見る気持ちがよくわかる)

ペットボトルの水を飲みきった佑花は、キャップを閉めながら笑って言う。

「でも日生さん、わたしと話すのにだいぶ慣れてきたんじゃないですか？　最初に比べて、わりとスラスラ会話ができているような気がするんですけど」

それを聞いた彼がかすかに目を瞠り、面映ゆそうに答えた。

「そうですね。まったく緊張していないわけではないんですけど、沢崎さんとは落ち着いて話せている気がします」

「もっと自信を持っていいと思いますよ。日生さんは実力がある棋士で、人に誇れるところをたくさん持っているんですから、自分のすごさを信じることができれば誰が来たって物怖《ものお》じせずにいられるんじゃないでしょうか」

コース脇の雑木林から、湿り気を帯びた夜の風が吹き抜けていく。佑花は笑顔で言った。

「じゃあ、わたしはそろそろ戻ります。おやすみなさい」

「……おやすみなさい」

＊　＊　＊

大きめの白いTシャツとショートレギンス、厚底スニーカーに黒のキャップという恰好の沢崎佑花が、耳にイヤホンをして軽快な足取りで走り去っていく。

それを見送った日生奨は、小さく息をついた。

（沢崎さんと話すと、気持ちが前向きになれる気がする。彼女がいつも笑顔で、ポジティブなことばかり言ってくれるからかな）

彼女と初めて会ったのは、二週間ほど前に行われた飲料メーカーのＣＭ撮影のときだ。

制作を担当した広告制作プロダクションのスタッフで、手渡された名刺には〝株式会社イーサリアルクリエイティブ　企画演出部　プランナー　沢崎佑花〟と書かれており、一度見たものを瞬時に覚えられるという特技を持つ日生は、公園のランニングコースで休憩していた女性ランナーが彼女だとすぐに思い出した。

仕事関係の人間を無視するわけにはいかず、勇気を出して「こんばんは」と挨拶をしたが、そこで赤面してしまったことは痛恨のミスだった。それを見た佑花は呆気《あっけ》にとられた顔をしていて、日生は忸怩《じくじ》たる思いを噛みしめる。

（まあ、普通は引くよな。表で見せている冷静な俺がスタンダードだって、世の中の皆が思ってるんだから）

日生があがり症であるのを自覚したのは小学四年生のときで、クラス全員の前で発表をした際に言葉を噛んでしまい、笑われたことがきっかけだった。

内向的な性格だった日生はそれから人と話すのが怖くなり、会話をするために相手の顔を認識した途端、赤面するようになってしまった。それから学校に行きたくなくて半月ほど休んだものの、ふとしたときに将棋のことを頭の中で考えていると意識の大半がそちらに向き、人と普通に会話できることに気づいた。

以来、日生は人と会話をしなければならないときはあらかじめ脳内で棋譜を思い浮かべ、表向きは理知的な人間であるかのように装っている。しかし突発的に人に会うと即座に対応できず、あがり症が出てしまうことがあった。

（でも……）

日生は佑花が自分のことについて言いふらすのを覚悟していたが、彼女は「わたしは日生さんがあがり症だという事実を、誰にも話すつもりはありません」と断言してくれた。

それどころか週に一、二回ジョギングのついでに会って会話し、あがり症を克服するのを手伝ってくれている。

聞けば佑花は日生のひとつ年下で、今の会社に入社して二年目らしい。CMプロデューサーを目指しているという彼女は、大学のメディア社会学科を卒業後にリベレイトピクチャーズという映像制作会社に就職し、二年前にイーサリアルクリエイティブに転職したという。

日生から見た彼女は細身できれいな外見の持ち主で、とにかくポジティブだ。プランナーがCMプロデューサーの補佐をするのは沢崎の会社独自の体制らしいが、やりがいがあって楽しいと語っていた。

撮影や仕事の納期が差し迫ってくると帰宅が終電になることもあり、そうしたハードワークの中で企画書を書いたりコンペの準備を進めなければならず、いつも時間に追われているという。

(そこまで仕事が詰まっているのに毎日のジョギングを日課にしてるんだから、バイタリティに溢《あふ》れてるよな。何ていうか、俺とは真逆の人だ)

そんな佑花はときどき言葉に詰まってしまう日生を待つ鷹揚《おうよう》さがあり、常に前向きな言葉を向けてくれて、たった十五分程度でも一緒に過ごす時間は充実したひとときだった。

彼女の姿が見えなくなったところで、自動販売機のところにいる女性二人組のランナーがこちらを見て何やらヒソヒソ言っているのに気づき、日生は帽子を目深に被り直すと帰宅するべく走り出す。

(帰ったら、書きかけだった雑誌のコラムの原稿を仕上げよう。それから浅石R王の対局の棋譜並べをするかな)

帰宅した日生は、コラム原稿を仕上げて担当者にデータを送信したあと一人将棋盤に向かい、日付けが変わった頃に就寝した。

翌日は朝七時に起床し、シャワーを浴びたあと家事を済ませて、九時に千駄ケ谷《せんだがや》にある将棋の会館に向かう。そして仲間内の研究会で棋譜の研究をしたあと、午後は将棋教室の指導を行った。

現役のプロ棋士、しかもメディアで有名な八段と指せるとあって会員数は多く、複数人を同時に相手しながら数時間が経つとかなり疲れる。

午後八時、帰宅するために外に出ると雨が降り出していて、しかもこのあと強くなる予報になっていた。スマートフォンで天気予報を眺めた日生は、ビルのエントランスでじっと考えた。

(この雨だと、今夜のジョギングは無理か。きっと沢崎さんも来ないだろうし、今夜は自宅で筋トレをしたあと、明日の対戦相手の棋譜を勉強しよう)

翌日はR戦二組のランキング戦の決勝戦で、いつもどおりの時間に起床した日生はスーツを着用し、ネクタイを締めた。対戦相手は相原太一《あいはらたいち》六段で、事前準備は万全だ。上位二名であることから既に自分たちは本選出場が決まっているものの、優勝と準優勝の賞金は三倍以上の開きがある上、一位通過だと大きな箔《はく》がつくため、負けられない。

会館の五階が対局室になっており、中に入った。室内には時間を計って棋譜を記入する記録係、対局で不正が行われていないかや記録が正確に行われているかなどを見届ける立会人が座っていて、それぞれと挨拶をする。

そして対戦相手の相原は三十代半ばの痩身の男性で、既に将棋盤の前に座っており、こちらを見て一礼してきた。まだ対局開始までは時間があるため、頭の中で戦型を確認しながら集中を高めて気持ちを落ち着かせる。

そうするうちにカメラを手にした取材陣が入ってきて、対局前に数枚の写真撮影を求められた。

やがて午前十時になり、将棋盤を挟んで互いに挨拶をする。

「――お願いします」

対局中の日生はどんな大一番でも平常心を心掛け、持ち時間の配分に気を配りつつ指し手を考える。

真剣に検討しなければならないときにこそ長い時間を使えるよう、序盤は速い判断を心掛けて指すことも大事だ。そして対戦相手を長考に引き込むような局面に誘導し、終盤に考える時間を短くさせるなどの駆け引きも必要になる。

先手は相原で棒銀《ぼうぎん》、日生は後手で雁木《がんぎ》という戦型での戦いとなった。パチリと盤上に駒を置きながら、日生は開始早々ポーカーフェイスの下で考える。

（ああ、これは……）

序盤や中盤でもっとも必要なことは、盤上の形勢判断だ。

指し手の候補が複数ある場合、それぞれ数手先での形勢はどうなのかを考え、そこで新たな活路を思いつけばさらに先の展開までシミュレーションし、戦いを進めていくルートを脳内で目まぐるしく検討する。

今回の対局は序盤から先手の相原が優位に立ち、日生は何とか状況を複雑化させて劣勢を跳ね返そうとした。しかし休憩後に腹を括《くく》って桂《けい》を取りにいったものの落ち着いて防がれ、こちらの指し筋を徹底して研究してきた相手が終盤の攻め手を封じる作戦に出てきて、万事休すとなる。

やがて相原が七十七手目を指したタイミングで、日生は長考の末、頭を下げて投了を告げた。

「――負けました」

将棋盤を挟んで向かい合った彼が、肩でホッと息をつく。

その後は余韻が残っている中で感想戦が始まり、たった今終えたばかりの対局を振り返った。

負けたほうはもちろん悔しさがあり、勝ったほうはうれしい気持ちでいっぱいだが、そうした感情を封印しつつ実戦では繰り出せなかった指し手や負けの決め手となってしまった手、その局面でよりよい手は何だったかなどを探っていく。

対局では持ち時間がほぼなくなるまで頭を使っているため、互いに疲労困憊《ひろうこんぱい》といっていい状況だ。疲れきった頭と身体をさらに酷使して感想戦に臨むのは大変であるものの、勝者である相原も真剣な表情で最善手を模索してくれる。

ようやく感想戦を終えると、部屋の外で対局の様子を見守っていた取材陣が襖《ふすま》を開け、一斉にカメラのシャッターを切りながら質問してきた。

「相原六段、R戦二組の優勝おめでとうございます」

「手数は少ないながらも中身の濃い攻防戦となりましたが、感想はいかがですか」

相原がインタビューに答える傍ら、日生は別の記者から今回の敗北の原因を問いかけられ、淡々と答える。

「序盤は矢倉《やぐら》になるかと考えていましたので、相手の戦型に意表を突かれたことが敗因だと思います。自陣に棒銀が到達する前に上手い反撃を繰り出せればよかったのですが、七筋の桂頭攻めが想定どおりの効果を発揮しなかったのが、大きな誤算でした」

取材対応を終えて会館の外に出ると、午後八時を過ぎていた。

身体が泥のように疲れていて、足取りが重い。しかしそれ以上に悔しさがふつふつとこみ上げ、日生は目まぐるしく考える。

（こっちが飛車筋を止めたあと、相原六段の攻め手が致命的だったんだ。馬を作られたことで守りが厚くなり、簡単には負けない陣形を形成されて、先手優勢が確定してしまった）

先ほどの感想戦の中で見えた自分のミスに、不甲斐《ふがい》ない思いが募る。

鬱々としながら歩き、北参道《きたさんどう》駅まで来たところで、ふいに「あの、すみません」と後ろから声をかけられた。日生は思わず眉を寄せつつ、いくつかの可能性について考える。

（取材し足りなくて、メディアの人が声をかけてきたのか？　それともファンか）

外を歩くときは必ずマスクを着けているが、熱烈な女性ファンに気づかれて声をかけられたり、芸能事務所からスカウトされたことも何回かある。

無言で振り向いた日生は、そこにあまりにも意外な人物を見つけて目を見開いた。彼女――沢崎佑花が、周囲の目を意識したのかやや声をひそめて言う。

「あの……日生さん、ですよね？」

「沢崎さん、どうして……」

「わたし、今日は仕事が休みで、この近くのカフェで友人と会っていたんです。帰ろうと駅まで来たら何だか見覚えがある人がいて、日生さんだと気づいて思わず声をかけてしまいました。ご迷惑でしたか？」

まさかこんなところで彼女と会うとは思わず、日生は面食らいながら答える。

「いえ、迷惑ではありません。急に沢崎さんに声をかけられて驚いただけで」

「あの、日生さんはどうしてここに」

「会館がこの近くだからです。対局が終わって帰宅するところでした」

佑花は「あ、そうなんですね」とつぶやいたものの、その様子からは今日がR戦の予選ともいえるランキング戦の決勝だったと知らないことが窺え、日生は何ともいえない気持ちになる。

（そうだよな。沢崎さんは将棋に関してまったくの素人だと言っていたし、知らなくても無理はない。俺が決勝で敗れたことはもうニュースになってるはずだけど、そこまで興味関心がないんだ）

自分たちは仕事の関係で出会い、これまで何度か夜のジョギングのついでに会話をしただけだ。日生にとっては大きな出来事だったが、彼女にしてみればきっと些末《さまつ》なことなのだろう。

そんなふうに考えていると、佑花がこちらをじっと見つめ、思わぬことを言う。

「――日生さん、今日はちょっと雰囲気が違いますね」

「えっ？」

「わたしの顔を見ても赤面しませんし、すごく落ち着いています。もしかして今、〝対局モード〟ですか？」

日生が「ええ、まあ」と答えたところ、彼女が言葉を続けた。

「それに何だか落ち込んでいるように見えます。勘違いだったら申し訳ないんですけど」

自分ではあまり感情が表に出ないタイプだと考えていたが、どうやら敗戦のショックが顔に出ていたらしい。

佑花の観察眼の鋭さに驚きつつ、日生は苦笑いして言う。

「そのとおりです。今日はどうしても勝ちたかったランキング戦の決勝で、負けてしまったので」

すると彼女が眉を上げ、思わぬ提案をした。

「だったら日生さん、これから飲みに行きませんか？」

「えっ」

「落ち込んでいるときは、パッと飲んで気晴らししたほうがいいですよ。わたしは将棋に関してはまったくの門外漢ですけど、だからこそ漏らせる愚痴《ぐち》もあるんじゃないですか」

いつもの日生なら、すぐに「家で棋譜の研究をしなければならないので」と言って断るところだ。元々人と一緒にいるのが苦手で、よほど慣れた相手でなければ緊張で気疲れしてしまう。それがわかっているため、研究会で仲よくしている棋士や師匠である波部に連れていかれる飲み会以外は顔を出さずにいた。

（……でも）

確かに胸の中には鬱屈した思いが渦巻いており、帰ってもすぐに眠れそうにない。

だったら佑花の提案に乗り、少しアルコールを飲むのはいい気分転換になるはずだ。そう結論づけた日生は、彼女を見下ろして告げる。

「そうですね。沢崎さんがよろしければ、ぜひ」

「人目が気になりますから、個室があるところのほうがいいですよね。わたし、ときどき会社の接待で店の予約を任されることがあるので、スマホにいろいろブックマークしてるんです。ちょっと待ってください」

そう言って佑花がスマートフォンを操作し、「ここでいかがでしょう」と言ってある店を提示してくる。

それは新宿《しんじゅく》にある高級焼き鳥店で、個室が完備されているらしい。食べ物に好き嫌いのない日生が了承すると、彼女が店に電話をかけ、しばらくやり取りをしたあと通話を切って言った。

「予約が取れました。行きましょう」

第二章

地下鉄で移動し、新宿三丁目で降りる。

予約したのは旬の食材を使った一品料理と串料理を出す高級感のある店で、日本酒とソムリエがセレクトしたワインが愉《たの》しめるのが売りだ。

個室に通され、まずは前菜とシャンパンで乾杯する。店員がいなくなったタイミングで日生がマスクを外し、テーブルを挟んで正面からそれを目の当たりにした佑花は思わずドキリとした。

（撮影のときも思ったけど、この人本当に顔が整ってるんだな。それにスーツがすごく似合ってる）

友人と会ったあと、帰宅するべく北参道の駅に向かった佑花は、そこで一人のスーツ姿の男性に目を吸い寄せられた。頭が小さく、手足がスラリと長い彼はマスクで顔半分を隠していて、ジョギングの際にその体形を見慣れていた佑花は直感的に日生だとわかった。

（どうしてこんなところにいるんだろ。もしかして仕事？）

人目の多いところで声をかけることに躊躇《ためら》いがこみ上げたものの、知り合いを目撃したのにスルーするのも失礼な気がする。迷ったのは一瞬で、後ろから日生に歩み寄った佑花は、彼に声をかけた。

驚いたのは、いつもこちらの顔を見るなり赤面して小さな声でしか話せなかった日生が冷静で落ち着いた態度を取っていたことだ。聞けば彼は重要な対局で負けてしまったといい、頭の中が〝対局モード〟のままだったらしい。どこか落ち込んだ様子が気になった佑花は日生を飲みに誘い、今に至る。

シャンパングラスを触れ合わせて乾杯したあと、フレンチを思わせる前菜を見つめた彼が口を開いた。

「素敵なお店ですね。モダンでおしゃれな雰囲気で」

「人気があってなかなか予約が取れないんですけど、たまたま個室が空いていてよかったです」

「沢崎さんはＣＭプランナーなのに、接待があるんですか？」

「ありますよ。うちの会社は規模が大きくないせいか役割分担が独特で、新人のうちはあらゆる業務をやらされます。わたしは去年までは社内の別部署で営業をしていたので、新規獲得の一環で接待が多くありました。今も新しいクライアントさんとお仕事をするときは、プロデューサーと先方の担当さんで懇親を目的とした食事会をします。そうした際に予約を任されるので、いろいろお店を知ってるんです」

グラスを口に運ぶ日生は至って落ち着き払っており、夜にジョギングで会っているときの態度とまるで違う。それに戸惑いをおぼえつつ、佑花は遠慮がちに問いかけた。

「あの、日生さんの今日の対局って、すごく重要なものだったんですか？」

「はい。沢崎さんは、R戦という言葉は聞いたことはありますか」

「あ、あります。M戦とかと並ぶ重要なものだったような」

日生いわく、将棋には八つのタイトルが存在し、頂点ともいえるR戦は優勝賞金が四〇〇〇万円超えと高額なことで有名らしい。

「R戦の予選は一組から六組まで分かれたトーナメント戦で行われ、それを〝ランキング戦〟といいます。優勝すれば本戦に出場でき、さらに昇級のチャンスがあるんです」

日生がいるグループは二組で、彼はランキング戦を勝ち上がり、今日が決勝戦だったらしい。

二組は上位二名が本戦出場の権利が与えられ、次期の一組昇級が確約されているものの、一位と二位では賞金に大きな開きがある上、やはり優勝という箔は強いという。

佑花は感心してつぶやいた。

「……すごいですね」

「でも、負けました。対戦相手との勝率は今まで僕のほうが上回っていたんですが、序盤の戦型で先手有利を確定させられてしまって。完敗でした」

本戦出場と次期昇級という結果だけでは満足できないのか、日生の声音には悔しさがにじんでいる。

二杯目から日本酒に切り替え、ジューシーなハツやしっとり柔らかな食感のささ身、大葉と軟骨が入ったつくねの串などに舌鼓《したつづみ》を打った。

彼は日本酒の杯を重ねつつ、少しずつ対局の敗因について吐露する。素人である佑花にはそのほとんどが理解できないものの、日生が将棋に真剣に取り組み、だからこそ今日の敗戦を心底悔しく思っていることが伝わってきた。

二人分の辛口吟醸《からくちぎんじょう》のお代わりを頼んだ佑花は、緩やかな酔いを感じながら問いかけた。

「日生さんは、将棋に対してすごくストイックなんですね。何歳から始めたんですか？」

「五歳からです。祖父が将棋好きで、丁寧に手解《てほど》きしてくれました」

彼は酒を飲んでもあまり顔色が変わらないものの、いつもより饒舌になっているところからすると酔っているのかもしれない。

飲みながらいろいろなことを話していると格段に打ち解け、佑花は次第に楽しくなってきている自分を感じていた。日生から「沢崎さんは、どうしてＣＭプロデューサーを目指してるんですか」と聞かれ、笑って答えた。

「わたし、昔から映画が好きで。映像のことが学べる大学の学部に入って、最初は短編映画を自分で撮りたいと思っていたんですけど、あるとき十五秒か三十秒っていう短い時間の中にドラマ性を持たせられるＣＭってすごいなと感じたんです。テーマの方向性とか、そこに込めるストーリーとか、本質的に何を伝えたいかという情報を入れ込むのはもちろんなんですけど、何ていうか短い時間の中で心の機微に触れるものが作れたらすごく素敵だなって。それがＣＭプロデューサーを目指したきっかけです」

するとそれを聞いた彼が、微笑んで言う。

「クリエイティブな感性を持っているんですね。将棋盤という狭い世界しか見ていない僕とは大違いです」

「でも棋士って、普通の人より頭がいいイメージがあります。だってまだ指していない手を、先の先まで考えたりするんですよね？」

「そうですね。プロの棋士は、文字で書かれた棋譜を見た瞬間にその内容をトレースして脳内でシミュレーションできるんです。実際に将棋を指している最中も、自分があと何十手先で投了するのかがわかります」

佑花は驚き、まじまじと日生を見た。

「すごい記憶力ですね。あ、だからわたしの名刺に書かれていたことも覚えていたんですか？」

「はい。一目見ると、意識しなくてもだいたいのことは覚えています」

二時間ほどすると佑花は本格的に酔いを感じ、頭がふわふわしていた。

気がつくと店員を呼んだ彼がクレジットカードを渡して会計しようとしていて、慌てて言う。

「あの、わたしがお誘いしたんですから、お会計はこちらで持ちます。最初からそのつもりでしたし」

「いえ。僕のほうが年上ですので、気にしないでください」

互いにかなりの日本酒を飲んだため、合計金額は高額になっているはずで、佑花は恐縮してしまう。するとそんな様子を見た日生が、クスリと笑って言った。

「そんな顔をしないでください。これでも結構稼いでいますし、そのわりに使う機会がないので、今日はいいお金の使い方をすることができて満足なんです」

「そんな……」

「本当は対局で負けて、駅までの帰り道でかなり落ち込んでいたんです。たぶん一人だと考えすぎて眠れなくなって、一晩中悶々《もんもん》としていたと思います。でも沢崎さんと飲んで、気持ちがだいぶ前向きになれました」

彼の笑顔はとても自然で、それを見た佑花の胸がきゅうっとする。

先ほどまでの話で、日生がいかに将棋に真剣に取り組んでいるか、そして今回の負けがどれだけ悔しかったかが伝わってきた。それでいて彼には向上心があり、今後より上の段位やタイトルを必ず獲るという強い意思を感じる。

日生のそうした姿勢は、いつか人の心に響くＣＭを作りたいと考えている佑花に刺激を与えた。日生と同じくらいに仕事に打ち込み、自身の技術や感性を磨けば、社内外のコンペで賞を獲るような作品を作ることができるだろうか。

そのときふいに彼のスマートフォンが鳴り、ディスプレイを確認した日生が「すみません、ちょっと電話してきます」と言って個室を出ていく。一人になった佑花は、酔いのせいで急速に眠気がこみ上げてくるのを感じた。

（……眠っちゃ駄目。これから家に帰らなきゃいけないのに……）

やがてどのくらいの時間が経ったのか、何やら話し声が聞こえた気がして佑花はうっすらと覚《かく》醒《せい》する。

するとタクシーらしき薄暗い車内で日生が料金を精算し、こちらの片方の腕を自身の肩に掛けて、身体を引きずるようにしながら降りるところだった。外気が頬に触れるのを感じた佑花は、一気に眠りから覚める。

（嘘。わたし、あのままお店で寝ちゃってたの？）

動揺し、よろめきながらも何とか自分の足で立つと、日生がこちらを見下ろして言う。

「あ、起きましたか」

「すみません！　寝るつもりはなかったんですけど、わたし……っ」

急いで身体を離した瞬間に足元がふらつき、彼が咄嗟《とっさ》に腕をつかんでくれる。

タクシーのドアが目の前で閉まり、静かに走り去っていった。静まり返った人気のない往来で、日生が状況を説明する。

「店で電話を済ませて部屋に戻ったら、沢崎さんがテーブルに突っ伏して寝てしまっていたんです。何度声をかけても起きなかったので、そのままにしておくわけにはいかずに一緒にタクシーに乗せました。気分は悪くないですか」

「だ、大丈夫です。あの、食事代とタクシー代を支払わせてください」

慌ててバッグから財布を取り出した佑花は、二万円を日生に差し出して頭を下げる。

「ご迷惑をおかけして、本当に申し訳ありませんでした。これで足りなかったらおっしゃってください」

「いらないですよ。さっきも言ったとおり、こういう場合は年上の僕が出すのが当然だと思っていますから」

押し問答になった結果、佑花は金を受け取ってもらえずに渋々財布にしまう。

午後十一時近くの駅周辺は街灯で明るいものの、人の姿は昼間に比べて少なく閑散としていた。

相変わらず酒の酔いのせいでどこかふわふわしているのを感じつつ、佑花は日生に頭を下げる。

「改めて、こちらからお誘いしたのにご迷惑をかける形になってしまい、申し訳ありませんでした。わたしはここで失礼させていただきます」

「沢崎さんは、ここからどうやって帰るつもりですか？」

突然そう問いかけられ、佑花は顔を上げて答える。

「わたしの自宅はこの次の駅ですから、酔い覚ましに歩いて帰ろうと思います」

「それは駄目です。こんな人気の少ない時間帯に女性が一人で歩いて帰るなんて、何があるかわかりません」

「でも夜のジョギングを日課にしていて、このくらいの時間になることがわりと頻繁にありますし。仕事で終電になるのにも慣れてますから、そんなに心配しなくても大丈夫ですよ」

するとと彼がこちらを見下ろし、ふいに意外なことを言う。

「では言い方を変えます。――僕はあなたと、もう少し一緒にいたい。だからこれから、うちに来ませんか」

日生の言葉があまりにも予想外で、佑花は驚いて彼を見つめる。

雑多な匂いのする風が足元を吹き抜け、髪を揺らした。日生がマスク越しに言葉を続ける。

「沢崎さんと会ったのはＣＭ撮影の現場で、その後ジョギングで会うようになって何度か会話をしましたけど、僕があがり症だと知っても引かなかったばかりか、なかなかスムーズに話せないときも言葉が出るまで根気強く待ってくれました。あなたの発言はいつも前向きで一緒にいて元気になれましたし、何より僕を変に特別視しないところにホッとしたんです」

「それは……」

それは自分が、将棋についてよく知らないからだ。

そんなふうに考えて言いよどむ佑花を前に、彼が再び口を開いた。

「今日は対局に負けてひどく落ち込んでいるところで飲みに誘ってもらえ、いい気晴らしになりました。沢崎さんの仕事に対する考え方は共感できましたし、長い時間一緒にいても緊張せず、むしろもっと一緒にいたいという気持ちがこみ上げたんです」

「…………」

「いかがですか」

心臓がドクドクと速い鼓動を刻み、頬がじわりと赤らんでいく。

まさか日生からこんなアプローチをされるとは思わず、何と返事をしていいかわからなかった。

これまで彼とは仕事の延長として接しており、自分なりに線を引いていたつもりだ。

（でも――）

日生の整った容姿、将棋モードと素のギャップに、興味を引かれていなかったと言ったら嘘になる。

ＣＭ制作という仕事柄、これまで芸能人に間近で接したことは何度もあるが、彼ほど端整な顔立ちの男性は見たことがない。容貌が整っているだけではなく、対局中の知的で静謐な雰囲気が魅力的で、撮影中は思わず見惚れてしまった。

一方で、あがり症な素の顔も佑花は嫌いではない。純朴なその様子は将棋をしているときとは真逆と言っていいものの、受け答えから誠実さや真面目さが伝わってきて悪い印象はなかった。

（それに……）

初めて酒を酌《く》み交わした二時間余り、日生の将棋に対する真剣さや勝負への執念、「今まで真面目に取り組んできたからこそ、大一番で負けたことが悔しい」という思いが強く伝わってきて、佑花は彼を抱きしめたい気持ちでいっぱいになった。

もちろんただの知人程度の自分がそんなことを考えるのはおこがましいという自覚はあり、日生には伝えていない。だがこんなふうに言ってくるということは、こちらの心境はダダ洩《も》れだったということだろうか。

さほど恋愛慣れしているわけではない佑花だが、「もう少し一緒にいたい」「だからこれから、うちに来ませんか」という言葉が示す意味くらいはわかっている。

（どうしよう。ここで断ったら、日生さんは今後二度とわたしに会わない気がする。でもこの人

の言葉は、一体どこまで本気なんだろ）

出会ってからまだ一ヵ月も経っておらず、互いの人となりを完全にわかっているとは言いきれない。

だが日生が真面目な性格であること、そして自分が彼と離れがたい気持ちを抱いているのは事実で、佑花は逡巡の末に腹を括《くく》る。そしてドキドキと高鳴る胸の鼓動を意識しつつ、口を開いた。

「わかりました。……じゃあ、ちょっとだけお邪魔させていただきます」

するとと日生がマスクの下でぶわっと顔を赤らめ、ぎこちない口調で言う。

「そ、そうですか」

「はい」

「僕の自宅は、このマンションの二十一階なんです。行きましょう」

今まで〝対局モード〟で冷静な印象だったのに、急に素の顔を出すのを見た佑花は、内心「可《か》愛《わい》い」と思う。そして彼の後をついてタワーマンションのエントランスに入り、そのスタイリッシュさに圧倒された。

（えっ、まるでホテルみたい。日生さん、こんなところに住んでるの？）

高級ホテルを思わせる雰囲気のエントランスロビーを抜け、エレベーターホールに向かう。

カードキーでエレベーターを呼び、最上階にある日生の自宅に入った佑花は、自分の場違いさを痛感していた。ごく平均的なサラリーマン家庭で育ったため、今までこんなすごいマンションに入ったことはない。

通された室内は右手に四畳半ほどの広さのカウンターキッチンがあり、リビングは続き間が開け放されていて、トータルで二十畳近い広さだった。佑花が入り口で立ち尽くしていると、こちらを振り向いた彼がマスクを外して言った。

「――抱きしめていいですか」

「えっ？　あ……っ」

腕の中に抱きすくめられてドキリとしたのも束《つか》の間、日生が佑花の髪に鼻先を埋めてくる。

彼の身体の大きさや硬さをつぶさに感じ、心臓が飛び出しそうにドキドキしていた。ここまで来てしまったものの、まだ心には躊躇いの気持ちもある。

(日生さんはあがり症だし、もしかして今まで女の人とつきあった経験がないのかな。だったらわたしがリードするべき？)

内心ひどく葛藤した佑花だったが、そんな心配は杞憂《きゆう》だった。

唇を塞いできた日生は、一度表面を押し当てたあとすぐに離れる。再び顔を寄せてきた彼の舌が口腔に押し入り、思いのほか巧みなキスに佑花は翻弄された。

「うっ……んっ、……は……っ」

緩やかに絡める動きは決して強引ではないのに、舌先で側面や口蓋をなぞられた途端、ゾクゾクと官能がこみ上げる。

そうかと思うと舌を強く吸われ、喉奥まで深く探られて、佑花は日生のスーツの胸元を強くつかんだ。互いの呼気から日本酒の香りがしていて、その匂いに酔いを助長される気がする。

やがて唇を離されたとき、佑花はすっかり息を乱していた。こちらの手を引いて彼が向かったのは、リビングの左手にある寝室だ。そこは八畳ほどの広さで、グレーと白を基調としたシックな色味で統一されており、観葉植物が彩りを添えている。

「あ、あの、日生さん……」

首筋に唇を這《は》わされつつベッドに押し倒されかけた佑花は、日生の腕に触れて声を上げる。

「何ですか」

「ここまで来て言うのも何ですけど、その、避妊具とかは……」

もし用意がないのなら、行為を中断しなければならない。言外にそう告げると、返ってきたのは思わぬ言葉だった。

「ありますから、大丈夫です」

「そ、そうですか」

本来なら安堵《あんど》する場面なのだろうが、佑花はその言葉に心をチクリと刺《さ》された気持ちになる。

（てっきり未経験なのかと思ってたけど、日生さん、したことがあるんだ。それとも普段からこうして誰かをマンションに連れ込んでる……？）

そんなふうにモヤモヤした佑花だったが、彼の手がカットソーの下に潜り込んできて、ビクッと身体が跳ねる。

大きな手が腹部を撫で、ブラ越しに胸のふくらみに触れて、思わず息を詰めた。そうしながらも日生の唇が耳朶《じだ》を食《は》み、かすかに感じる吐息に首をすくめる。

「あ……っ」

耳の形をなぞった舌先が耳孔をくすぐり、ダイレクトに感じる濡れた音に官能を煽られる。胸のふくらみをやんわり揉《も》まれた佑花は、「今日はどんな下着を着けてたっけ」と一抹《いちまつ》の不安を抱いた。

（もしかしたら、上下セットじゃなかったかも。だって日生さんと駅で偶然会って、まさかこんな流れになると思わなかったから……）

日生がこちらの上衣に手をかけ、カーディガンとトップスを脱がせてくる。

再び身を屈めた彼がブラの上から胸の頂を噛んできて、佑花は「あっ！」と声を上げた。カップをずらしてふくらみをあらわにした日生が、先端に舌を這わせてくる。

濡れた舌が乳暈《にゅううん》をなぞり、ちゅっと音を立てて吸い上げてきて、敏感なそこはすぐに芯を持った。

「……っ」

舌先で押し潰したり、くすぐるようにして嬲《なぶ》られ、ぬめる感触に肌が粟立《あわだ》つ。

佑花が息を乱しつつ視線を向けると、先端に舌を這わせている彼と目が合い、かあっと顔が赤らんだ。これまでは冷静沈着な棋士としての顔か、人づきあいに緊張して赤面する顔しか見たことがないが、今の日生はそのどちらでもない表情を見せている。

秀麗な顔立ちの彼が自分の胸のふくらみをつかんで嬲っている姿はひどく煽情的で、瞳に欲情の色があるのが常とは違い、男っぽいその姿を前にした佑花の身体の奥がじんと疼《うず》いた。

(どうしよう、こんな顔を見たら……っ)

普段は見せないその顔から、目を離せなくなる。もっと日生に触れられたくて、彼を感じたくてたまらなくなった。佑花は腕を伸ばし、日生の顔を両手で引き寄せると、自ら口づける。彼がすぐに応えてきて、互いに夢中で蒸れた吐息を交ぜた。

「んっ……ぅっ、……は……っ」

キスをしながら、日生が着ているスーツのジャケットを脱がせる。

ネクタイのノットに指を入れて緩めたところ、彼が自分でスルリと解いてそれをベッドの下に放った。そして身体を起こし、ワイシャツのボタンを外して脱ぎ捨てる。

(あ、……)

夜のジョギングのときに見てわかっていたが、日生は肩幅が広く引き締まった男らしい体形をしている。

実用的でしなやかな筋肉がついたその身体はアスリートを思わせる雰囲気で、棋士というインドアな職業だとは信じられない。彼は佑花が穿《は》いているセンタープレスのパンツに手を掛け、脱がせてきた。

ブラも取り去られ、下着一枚になって所在なく足先を動かすと、日生が再び身を屈めて首筋に唇を這わせてくる。

「はぁっ……」

彼はこちらの首筋をチロリと舐《な》めながら胸のふくらみを握り込み、先端を指で刺激してくる。触れられると皮膚の下から疼くような感覚がこみ上げ、思わず眉根が寄った。ひとしきり愛撫《あいぶ》したあと、日生の手が下着越しに脚の間を探ってきて、太ももがビクッと震える。

「ん……っ」

布越しに割れ目をなぞられる感覚はどこかもどかしく、佑花は彼の腕を挟む太ももに力を込める。

やがてその手が下着の中に入り込んできて、指先が花弁を割った。既に潤んでいた蜜口《みつくち》を探られ、かすかな水音が立つ。ぬめる愛液を塗り広げるように指が動き、花弁の上部にある花芯を押し潰してきて、じんとした甘い愉悦がこみ上げた。

「あっ……！」

ゆるゆると押し回すようにされたり、ぬめりを纏《まと》った指で弾《はじ》かれ、腰が跳ねる。

その力加減は強すぎず絶妙で、佑花が目の前の日生の首にきつくしがみつくと、彼の指が蜜口から中に押し入ってきた。

「んん……っ」

ぬちゅりという粘度のある音と共に指が中に埋められていき、異物感に声が出る。

潤沢に濡れているそこは苦もなく指を受け入れたものの、こうした行為が久しぶりなため、中がひどく狭い気がした。日生は一旦指を奥まで埋めたあとで隘路《あいろ》で行き来させ、少しずつ慣らしていく。

「はっ……ぁっ……」

中に挿《い》れる指を増やされ、ゴツゴツした感触と圧迫感に、佑花は涙目になる。

自分だけが乱されている状況が恥ずかしくてたまらず、秘所から響く淫《みだ》らな水音を聞きながら、日生に必死に訴えた。

「……っ……日生、さん……」

「何ですか」

「わたしも……日生さんに、触ってもいいですか……？」

するとそれを聞いた彼が、こちらの目元に口づけて言う。

「うれしいんですけど、ちょっと余裕がないのでまた今度にしてもらっていいですか」

「えっ……ぁっ！」

体内に埋められた指でぐっと最奥を抉《えぐ》られ、佑花は高い声を上げる。

日生は内部を探るように指を動かし、反応するところを執拗《しつよう》に嬲ってきた。愛液でぬめる柔襞《やわひだ》を捏《こ》ねながら隘路で抽送され、息が上がる。やがて感じるところを押し上げられた佑花は、ビクッと身体を震わせて達していた。

「んぁっ……！」

奥から熱い愛液がどっと溢《あふ》れ出し、彼の手のひらを濡らす。

絶頂の余韻にわななく体内から指を引き抜かれた佑花は、いたたまれなさをおぼえて上気した顔を腕で隠した。そんなこちらをよそに、ベッドサイドの棚に手を伸ばした日生が避妊具が入った箱を取り出す。

そして自身のスラックスをくつろげ、すっかりいきり立った自身をあらわにした。パッケージを破り、薄い膜を装着する気配を感じながら、佑花は落ち着かない気持ちを押し殺す。

やがて彼がこちらの膝に手を掛けて脚を大きく開かせると、そこに身体を割り込ませてきた。

「ん……っ」

昂《たかぶ》りの切っ先で花弁をなぞられ、ぬるりと滑る感触がする。

秘所に触れる屹立は熱く、ずっしりとした重量があって、それがこれから自分の中に入るのだと思うと期待と不安がない交ぜになった気持ちが胸の中に渦巻いた。

自身の幹をつかんだ日生がそれを蜜口にあてがい、ぐっと圧をかけてくる。丸い亀頭が埋められる感覚に、佑花は小さく呻《うめ》いた。

「うぅっ……」

太い幹の部分が隘路を進み、いっぱいに拡《ひろ》げられた入り口がわずかに痛みを訴えてくる。

根元まで受け入れたところで彼を見上げると、熱を孕《はら》んだ眼差しを向けられ、胸がきゅうっとした。日生が腰を揺すり上げ、剛直が奥まで入り込んで「んっ」と声が出る。徐々に大きくされる律動に、佑花は彼の腕をつかむことで耐えた。

「はぁっ……ぁっ……ん……っ」

最初に感じた引き攣《つ》れるような感覚が和らぎ、にじみ出た愛液で日生の動きがスムーズになる。

体内を行き来する楔《くさび》は硬く、最奥を突かれると内臓がせり上がるような苦しさがあるものの、痛みはない。内壁を擦られる感覚にゾクゾクして、佑花はじわりと肌が汗ばむのを感じた。

「……ぁっ……日生、さん……」

彼が上に覆い被さり、こちらの頭を抱え込みつつ額にキスをしてきて、優しいそのしぐさに思わず頬が赤らむ。間近で佑花の顔を見つめた日生が、吐息交じりの声でささやいた。

「可愛い、――沢崎さん」

「あっ……！」

身体を密着させながらずんと深いところを突き上げられ、眼裏に火花が散る。

切っ先がいいところを抉り、彼を受け入れた隘路がきゅうっと窄《すぼ》まって、日生が熱い息を吐いてつぶやいた。

「……っ、……すごいな」

「あっ、あっ」

そこばかりを狙《ねら》い澄まして突き上げられ、佑花はあっという間に快楽に追い詰められる。

背をしならせて達しても彼の動きは止まらず、絶え間なくこみ上げる悦楽に翻弄された。本能が剥《む》き出しの日生には男らしい色気があり、額に浮かんだ汗やしなやかな身体の重みに佑花は強く惹《ひ》きつけられる。

どちらからともなく顔を寄せて唇を重ね、蒸れた吐息を交ぜて、どこまでも絡み合う感覚に陶然とした。やがて彼も達したものの、一度では収まらず、そのまま二度目の行為にもつれ込む。

それからどのくらいの時間が経ったのか、佑花がぼんやりと目を開けたとき、時刻は深夜一時を過ぎていた。クイーンサイズのベッドで日生の腕に抱えられるようにして眠っていて、彼の裸の上半身にドキリとする。

（そうだ、わたし……）

——日生と飲んで、彼に誘われるがまま抱き合った。

このベッドで自分がどんなふうに乱れたかを思い出し、一気に頭が煮えたようになる。だいぶ酒に酔った状態で日生の求めに応じたが、今はかなり冷静だ。もしかして自分は、とんでもないことをしてしまったのではないだろうか。

（明日も仕事なんだから、とりあえず家に帰らないと。わたしの服はどこ？）

背中に回った日生の腕をそっとどけたが、彼は目を覚まさない。

彼は朝から長時間の対局をしていたと言っていたため、きっとかなり疲れているのだろう。ベッドに身を起こした佑花は落ちていた衣服を拾い、そそくさと身に着ける。そしてバッグを手に、日生の自宅を出た。

（二重オートロックでエレベーターも専用のカードがないと呼べないものだったから、セキュリティは万全なはず。エントランスにはコンシェルジュもいるし、大丈夫だよね）

マンションの外に出るとちょうど空車のタクシーが通りかかり、それに乗って帰宅する。帰ってすぐにベッドに倒れ込んで、泥のように眠った。翌朝は何とか七時半に起き、九時までに出社することに成功する。

「おはようございます」

「おはよう。沢崎、何だか疲れた顔してるね。昨日は休みじゃなかったっけ」

オフィスの入り口で声をかけてきた先輩の女性プランナーにそんなことを言われ、佑花はドキリとしつつ答える。

「えっと、夜更かししてサブスクのドラマ見ちゃって」

「あー、途中でやめられない系のやつ？　あれってさ、『この話《わ》を見終えたら寝よう』とか思うのに、気づいたら次のも見ちゃってるよね」

しばらく彼女の雑談につきあい、自分のデスクに向かった佑花はパソコンを立ち上げる。

するとすぐさま数人のプロデューサーから指示が飛んだ。

「沢崎、Ｃ社のＣＭの音楽担当者との打ち合わせ、今日の三時以降に変更できるかどうか確認しておいてくれる？　できなければオンラインでって伝えて」

「はい」

「明日の午後の会議までに、Ａ社のＣＭの効果測定の結果のまとめを頼む。出来上がったら俺のＰＣに送って」

「わかりました」

午前の仕事を慌ただしくこなした佑花は、コンビニで買ってきたサンドイッチと春雨スープの昼食を取りながらスマートフォンを操作する。

そして日生について検索すると、真っ先に出てきたのは昨日のRランキング戦二組決勝の記事だった。他にも過去の対局の詳細や経歴に関する記事がいくつも出てくるが、彼のことを知った上で読むと最初に調べたときと比べて格段に理解度が違う。

CMや広告案件も多く、そのイケメンぶりを紹介するウェブサイトも多数あり、それらをじっくりと読んだ佑花は次第に青ざめた。

（もしかしたらわたし、とんでもない人と寝ちゃったのかも。この人気の過熱ぶりを見ると芸能人と言っても遜色ないし、何より将棋にかけては天才的な人なんだってことがよくわかる）

昨日の対局の動画も上がっており、棋譜を見ても佑花にはまったく内容がわからないものの、ひりつくような勝負の雰囲気がひしひしと伝わってくる。

日生がいかにすごい人物なのかを痛感し、佑花は気後れしていた。勢いで彼と寝てしまったものの、自分はまったく釣り合っていない。そもそも自分たちは恋愛関係というわけでもなく、それで一夜を共にしてしまったのはあまりに軽率ではないのか。

（そうだよ。お互いにだいぶ飲んでたし、昨夜のことは日生さんにとって深い意味なんてないのかも。いわば事故みたいな）

だったらこちらも、深い意味を求めないほうがいい。

別に無理やりされたわけではなく、互いに納得の上でした行為なのだから、これで終わりにするべきだ。だが今後も日生とジョギングで顔を合わせるかもしれないことを考えると、ひどく複雑な気持ちになる。

今まではただの知人というスタンスで接してきたが、一度身体の関係ができてしまったのだから、普通の態度を取る自信がない。

(もし顔を合わせて微妙な雰囲気になるなら、いっそ会わないほうがいいんじゃないかな。そもそもわたしは日生さんの連絡先も知らないし、その程度の希薄な関係なんだもの)

だが昨夜の一部始終を思い出すと、身体の奥がじんと熱くなる。

彼の触れ方は終始優しく、それでいて普段は見せない男っぽい一面があり、強く気持ちを惹きつけられた。それは抱き合う以前にはなかった感情で、日生の熱を孕んだ眼差しや整った顔、汗ばんだ身体の重みを思い出した佑花は、じわりと頬が熱くなるのを感じる。

(駄目だ、やっぱりもうあの人に会うべきじゃない。日生さんはメディアに注目されてる人なんだから、万が一わたしと一緒にいるところを撮られでもしたら迷惑がかかる)

彼と距離を置くのは、簡単だ。

ジョギングのコースを変え、夜の代々木公園に近づかなければいい。日生は佑花の勤務先を知っているものの、個人的な連絡先は交換していないため、フェードアウトするのは容易だろう。

（たぶんジョギングで会わなくなったら、向こうもこっちの気持ちを察してくれるよね。「あがり症を直すために会話につきあってほしい」って言ってたけど、頭の中で将棋のことを考えているときはちゃんと振る舞えてるわけだし、別にわたしがいなくたってどうってことはない）

心がシクリと疼いたものの、佑花はそれに気づかないふりをする。

その日は午後七時半に退勤し、帰宅してからジョギングに出掛けたが、いつもの代々木公園ではなく新宿中央《しんじゅくちゅうおう》公園へのルートに変えた。自宅からの距離は若干短く感じるが、公園の外周には一キロ程度のジョギングコースがあり、アップダウンもあってなかなか新鮮だ。

（普段と違うルートを走るのも楽しいな。これからは代々木公園じゃなく、こっちを走ろう）


ＣＭ制作は映像の撮影後に編集作業に入るが、ここからが地道な作業だ。

本編集では演出やイメージの齟齬《そご》がないか何度もチェックし、一週間ほどで映像が出来上がるとクライアントに一度それを見てもらって、修正などで五日ほど時間をかける。

Ｓ社のお茶のＣＭが完成したのは、初回の打ち合わせから二カ月後の六月上旬だった。クライアント先に納品に行くことになり、佑花は外塚と共に都内にあるＳ社の本社を訪れる。

通常はＣＭが完成するとデータ納品だけで終わるものだが、今回はクライアントが特に力を入れている案件のため、例外的に直接試写を行うことになっていた。

（さすが上場企業だけあって、すごく大きいビル。クライアントのところに納品に来るのは初めてじゃないけど、いつも緊張するな）

受付でこちらの社名を告げ、会議室に通される。

担当者と挨拶を交わし、相手方の社員と共に記録媒体に落とした完成データを上映するための準備をしていると、そこに現れたのは思いもよらない人物だった。

「テレビＣＭが完成したとお伝えしたところ、波部九段と日生八段もご覧になりたいということでご来社くださいました」

会議室内に、スーツ姿の波部と日生が入ってくる。その姿を見た佑花は、ドキリとして立ちすくんだ。

（えっ、日生さんが来るなんて聞いてない。どうして……）

まさかここで日生に会うと思わなかった佑花は、心の準備がなくどぎまぎする。そんなこちらをよそに、外塚が二人に歩み寄って挨拶をした。

「波部九段、日生八段、撮影の際はどうもありがとうございました。こちらの細かい指示にも対応していただいたおかげで、いいものができたと思います」

上司である彼が挨拶をするのにアシスタントである自分が無視するわけにはいかず、佑花は外塚の後ろで頭を下げる。

すると談笑を始める彼と波部の傍らで、日生がこちらをじっと見つめてきた。彼はこうして多くの人がいるところでも赤面しておらず、〝対局モード〟に入っているのがわかる。

日生に会うのは、約二週間ぶりだ。勢いで抱き合ったあとにそれを後悔した佑花は、夜のジョギングコースを変え、彼に会わないようにしていた。

だが何の話もせずに一方的に関係を断つやり方はあまり褒められたものではなく、気まずさが募る。日生を正視できずに目を伏せた佑花は、ぐるぐると考えた。

（落ち着こう。この場で日生さんとわたしが個人的に話す機会はないんだから、何食わぬ顔をしてやり過ごせばいい）

やがて完成したテレビCMが試写され、初秋の雰囲気漂う雅《みやび》で洗練された映像にクライアントは満足している様子だった。波部と日生も感想を求められ、二人はそつなくスピーチしていて、和やかな雰囲気で歓談したあと終了となる。

「やはりイーサリアルクリエイティブさんにCM制作をお願いしたのは、正解でした。素晴らしい出来栄えで、オンエアになればきっと評判になると思います」

担当者から納品書にサインをもらい、データが入った記録媒体を引き渡すと、この案件は完了だ。

丁寧に頭を下げて会議室を出た佑花は、ホッと安堵の息を漏らした。そのタイミングで外塚のスマートフォンが鳴り、ディスプレイを確認した彼が言う。

「P社さんだ。悪い、ちょっと待っててくれ」

「わかりました」

外塚が電話に出ながら廊下の角を曲がっていき、佑花は反対側のロビーの応接スペースに向かう。

バッグからスマートフォンを取り出し、何か仕事の連絡がきていないか確認しようとすると、ふいに後ろから肘をつかまれて驚いた。

「あ、……」

振り向くとそこには日生がいて、佑花は呆然《ぼうぜん》と彼を見上げる。こちらを見下ろした日生が口を開いた。

「——お久しぶりです」

「…………」

「お話があります。少しお時間をいただけませんか」

彼の口調は折り目正しく、居丈高な様子は微塵《みじん》もない。だがフェードアウトを狙っていた佑花の中には後ろめたさがあり、どう答えるべきか迷った。しかもここは客先で、日生と一緒にいるところを誰かに見られるかもしれないという危機感がある。

佑花は視線を泳がせ、しどろもどろに言った。

「あの、わたしは仕事中で、これから会社に戻らなければなりませんので……」

「だったら夜、いつものジョギングコースで会えませんか？　僕は夜の九時半くらいには行けますから」

今後日生と接点を持つ気がないのなら、行かないほうがいいはずだ。

今日こうして顔を合わせてしまったのはまったくの想定外で、廊下とはいえ勤務中に個人的な話をするのは不適切だと思えた。何より他の人間に会話の内容を聞かれるのが怖く、佑花は気が気でない。

（どうしよう、はっきりここで「行かない」って言うべき？　でも日生さんには何の落ち度もないんだし、あんまり冷たい態度を取るのも――）

そのとき廊下の向こうから外塚が戻ってきて、「あれ」と声を上げる。

「日生八段、いかがされました？　ＣＭの内容で何か問題でも」

思いのほか早く彼が戻ってきてしまい、佑花は猛烈な焦りをおぼえる。

上司である外塚には、自分と日生が個人的に接点があることは知られたくない――そんなふうに思っていると、日生が微笑んで答えた。

「帰ろうとしたところで廊下に沢崎さんがいらっしゃったので、ご挨拶をしていただけです。今回は素晴らしいCMを作っていただき、ありがとうございました」

「とんでもない。日生八段はカメラ映えがしますので、こちらも撮り甲斐がありますよ」

しばし世間話をしたあと、日生が「では、僕はこれで」と暇《いとま》を告げる。歩き去っていく彼の後ろ姿を見つめ、外塚が感心した顔で言った。

「やっぱりイケメンだよなー、日生八段。間近で見ると鍛えた身体をしてるのがわかるし、女性に人気があるのも納得だ」

「……そうですね」

上の空で返事をしながら、佑花は日生の誘いをはっきり断れなかったことが気になっていた。

あの様子だと、彼は今夜九時半に代々木公園のジョギングコースで待つつもりなのだろう。CMの納品が終わった今、日生との接点はもうない。彼はこちらに直接連絡の取りようがなく、もう会う気がないのならスルーしても構わないはずだが、先ほど目の当たりにした表情を思い出すと佑花の胸がぎゅっと締めつけられた。

（わたし……）

それから会社に戻って仕事をこなしたが、佑花の目には日生の端整な顔が焼きついていた。

少し残業をし、午後八時半になる少し前にオフィスを出て、約三十分かけて帰宅する。そしてジョギング用の服装に着替えた佑花は、落ち着かない心を抑えて代々木公園に向けて走り出した。

（こっちのコースを走るのは、半月ぶり。……もしかしたら日生さん、いつもわたしのことを待ってたのかな）

それはこちらの、都合のいい考えかもしれない。

日生は対局で多忙なのだから、毎日走っているわけではないはずだ。そう思いながらも、彼が自分を待っている姿を想像し、佑花はぐっと拳に力を込めた。

自宅アパートから代々木公園までは、走ると約十分の距離だ。犬の散歩やランナーを横目に走った佑花は、やがて園内に入る。そしていつも日生と会っていた自動販売機の辺りまで行くと、フェンスの傍《そば》に彼が佇《たたず》んでいるのが見えた。

「――……」

今日の彼はパーカーと半ズボン、レギンスとキャップをすべて黒に統一した服装ながら、蛍光ピンクのＴシャツとグレーのランニングシューズが色のアクセントになっており、こなれた雰囲気を醸し出している。

相変わらず顔半分をマスクで隠しているものの、整った容貌が丸わかりで、スーツ姿とはまったく違うその姿を見た佑花は胸がきゅうっとした。自動販売機の前で息を乱しながら足を止めると、日生がこちらに気づいて口を開く。

「沢崎さん、来てくれたんですね」

彼に歩み寄った佑花は、気まずさをおぼえながらつぶやく。

「日生さん、わたし……」

「この二週間、雨の日以外はここに来ていたんですが、ジョギングコースを変えたんですか」

「あの、仕事が忙しかったり、新宿中央公園を走ったりしてて」

するとそれを聞いた日生が、問いかけてきた。

「──最後に会った日、どうして黙って帰ったんですか」

「…………」

「目が覚めたら沢崎さんがいなくて、驚きました。連絡先を聞いていなかったことを悔やみましたし、どうしても話がしたくてここに来ても、あなたは姿を現さなくて」

何も言えずに押し黙る佑花を見つめ、彼が言葉を続けた。

「今日はＳ社さんでＣＭの納品と試写会があると聞いて、わざと参加したんです。もしかしたら沢崎さんが来るかもしれないと思って」

佑花が驚き、「えっ」と言って顔を上げると、日生と目が合う。

声だけを聞くと冷静に感じたが、彼の表情を見るとそうではないのがわかった。日生の顔はマスク越しでもわかるほど赤く、必死さがにじみ出ている。

それを見た佑花は、言葉よりも雄弁なその表情にぐっと気持ちを惹きつけられた。あがり症で人づきあいが苦手な彼が、自分に会うためにここまで努力してくれている。そう思うと、話もせずにフェードアウトを狙っていたことが恥ずかしくなり、佑花は言葉を選びながら口を開いた。

「あの日、日生さんのマンションから黙って帰ったのは……目が覚めて冷静になったからです。勢いであんなことをするなんて、自分は一体何をやってるんだろうって」

「………」

「翌日に改めて日生さんのことを調べたら、すごく気後れしました。若くしてプロになっただけではなく、実力で八段になっているのもすごいのに、その一方で女性にものすごく人気があって、まるで芸能人のように持て囃《はや》されている。そんな人と平凡なわたしは釣り合いませんし、そもそもわたしたちは恋愛関係ではありません。だからおかしな勘違いをする前に、距離を取ったほうがいいと思ったんです」

するると彼がこちらを見下ろし、真剣な表情で告げる。

「僕はそんなにすごい存在ではありません。中学生で棋士になれませんでしたし、僕より若いのにタイトルを獲った人もいます。それにファンと自称する人も、素の僕を見たら幻滅するに違いありません。このとおりあがり症ですから」

「それは……」

「僕があのときはっきり気持ちを告げず、『もっと一緒にいたい』などと曖昧な表現をしたのがいけなかったんですね。だから沢崎さんは、距離を置こうとした」

彼の言葉を聞いた佑花は、「……はい」と頷く。すると日生が再び口を開いた。

「沢崎さん、僕はあなたのことが好きです。仕事に一生懸命で溌剌《はつらつ》としているところや聞き上手なところ、屈託のない笑顔やさっぱりした性格に強く心惹かれました。僕はこのとおり対人関係が苦手で、すぐに緊張して赤面してしまう情けないところがありますが、そうした部分を克服して沢崎さんが安心して頼れるような存在になりたいと思っています」

「…………」

「だからどうか、僕とつきあってもらえませんか」

気づけば彼は赤面しておらず、眼差しが真っすぐで言葉も明瞭だ。

真摯な告白をされた佑花は、胸がじんとしていた。日生のように才能も容姿も兼ね備えた男性に好かれている事実が、まだ信じられない。もしかすると二週間前の行為は成り行きで、彼にとってはさほど意味のあるものではない可能性も考えていただけに、一気に頭が煮えたようになった。

頬がじわりと熱くなるのを感じながら、佑花は日生に問いかけた。

「あの、わたしでいいんでしょうか。わたしは一応ＣＭプランナーという肩書きですけど、まだ自分の企画を採用してもらえる段階ではなくて、プロデューサーのアシスタントの域を出ていないんです。それ以外もごく平均的で、日生さんに釣り合っているようには思えないんですけど」

「僕は沢崎さんがいいんです。僕の情けない姿を見ても引かず、ごく自然に接してくれたところにホッとしましたし、落ち込んでいるときに飲みに誘ってくれたのもうれしかった。あなたのそういうさりげない気配りができるところを好きになったので、釣り合うとか釣り合わないとかは気にせず、一緒にいてもらえませんか」

佑花の中に、じわじわと喜びがこみ上げる。

日生には最初に会ったときから好感を抱いており、それはあがり症だという素の顔を見ても変わらなかった。むしろ真面目で素朴な性格に親近感をおぼえ、ジョギングのついでに何気ない会話をするのも嫌ではなかった。

（……それに）

対局中の静謐な空気、将棋について語るときの丁寧な説明、勝負にかける真剣さも、自分がこれまでそうした世界に接点がなかったからこそ尊敬する。

何より人づきあいが苦手な彼が、言葉を尽くして気持ちを伝えてくれたことがうれしく、佑花は日生を見上げて口を開いた。

「わかりました。では、あの……どうぞよろしくお願いします」

「本当ですか？」

「はい」

すると彼が、信じられないという顔でこちらを見つめてつぶやく。

「よかったです。こんなふうに誰かに告白するのは初めてなので、緊張しました」

「わたしも、もしかしたら日生さんは勢いであいうことをしただけなのかと思っていたので、言葉にしてくれて安心しました」

「僕は成り行きでそういうことをするほど器用ではないです。そもそもよほど親しい相手以外とは、飲みに行きませんから」

自分たちが彼氏彼女になったのだと意識し、佑花は面映ゆさを噛みしめる。日生がハーフパンツのポケットに手を入れ、ふいに言った。

「そうだ、連絡先を交換しませんか？　沢崎さんと会えなくなって、携帯番号を聞いてなかったことを心底後悔したんです。僕のも教えますから」

「はい」

スマートフォンを取り出して二次元バーコードを読み取り、トークアプリで繋《つな》がる。

電話番号も聞いて名前を入力すると、本当にこれから交際が始まるのだという実感がこみ上げた。そんな佑花を見下ろし、彼が問いかけてくる。

「沢崎さんは、明日も仕事ですか」

「はい。わたしの休みは、不定期の週休二日なんです。撮影などのスケジュールが優先で、その合間を縫うような感じで」

「僕も普段から休みはあってないようなものですが、もしよかったら明日の夜に待ち合わせて食事に行きませんか」

それを聞いた佑花はパッと笑顔になり、日生を見上げて答えた。

「行きたいです……！」

「よかった。じゃあ退勤できる時間を、あとで教えてください」

うれしさがこみ上げてくるのを感じつつ、佑花は「あの」と彼に向かって告げる。

「せっかくおつきあいすることになったんですから、敬語はやめませんか？　わたしも普通に話しますから」

すると日生がじわりと頰を染め、マスクに覆われた口元を押さえて応える。

「……そっか。じゃあ俺のことも、下の名前で呼んでもらえるとうれしい」

「奨さん？　奨くん？」

「〝くん〟で」

彼の一人称が〝俺〟であることがわかり、佑花の胸がきゅうっとする。一気に距離が近くなったことをうれしく思いつつ、笑顔で言った。

「じゃあ、今日はそろそろ帰ろっか。お互いに明日は仕事だし」

すると日生がふいに手をつかんできて、佑花の心臓がドキリと跳ねる。

彼がこちらを見つめ、ささやくように言った。

「ちょっとだけ、抱きしめたい。いい？」

「えっ、あ、うん」

ちょうど周囲に人の姿がなかったために了承すると、日生が佑花を正面からすっぽりと抱きしめてくる。

スポーツウエア越しに彼の筋肉質な身体を感じ、頬がかあっと熱くなった。日生の体温と匂いは、二週間前に彼とどんなふうに抱き合ったかをリアルに思い出させ、心にじんと熱を灯《とも》される。

彼がすぐに腕の力を緩めて言った。

「ごめん、こんなところで。……沢崎さんとつきあうことになったんだと思うと、どうしても確かめたくて仕方なかった」

「…………」

「明日、楽しみにしてる。――おやすみ」

第三章

将棋棋士の本業は対局であり、さまざまな大会に参加する他、毎年六月から翌年三月にかけて行われるJ戦に臨んだり、タイトル戦の予選にエントリーするなどして賞金や対局料を獲得する。

棋士の対局回数は平均して年三十から四十であるものの、去年の日生の対戦回数は四十五回で、勝率は三十二勝十三敗だった。一年のうちの三〇〇日ほどは対局がないが、そのあいだは次の対戦相手の指し手の研究や仲間との研究会の参加、テレビやインターネット番組で他の棋士が対戦している様子を解説したりとさまざまな活動をしている。

他にも、月一回から四回の頻度で将棋教室で指導したり、雑誌のコラムを執筆したりと多忙だが、比較的時間のやり繰りをしやすいのが利点だ。

その日の午後、友人である佐柄《さがら》六段の自宅で行われた研究会に参加した日生は、夕方にベランダに出た。研究会とは棋士たちが五、六人で集まり、実践練習のあとに検討を行うもので、それぞれの攻め方や指し手によって盤上でどんな変化があるかを話し合う。

先ほど練習対局と検討を終えた日生は、ポケットからスマートフォンを取り出して考えた。

（さて、今夜はどこに行こうかな。前回は沢崎さんが選んだ焼き鳥の店だったけど、彼女は一体何が好きなんだろう）

昨夜のことを思い出すと、じんわりと面映ゆさをおぼえる。

約二週間前、一夜を共にしたはずの佑花が翌朝に無言でいなくなっていたのに気づいた日生は、ひどく動揺した。決して行為を無理強いしたわけではなく、彼女自身も納得して自宅に来てくれたはずだ。それなのに何も言わずにいなくなってしまったのは、一体どういうことだろう。

（もしかして「もっと一緒にいたい」と言ったのを、あの場かぎりの関係だと勘違いしたのかな。考えてみたら、俺は彼女に対してはっきりと「好きだ」とは言ってなかったかもしれない）

ＣＭ撮影の際に接点を持ったときから、日生は溌剌とした佑花に好感を抱いていた。

夜のジョギングで会話するようになり、彼女のさっぱりとした性格やポジティブなところなど自分にない部分に強く惹かれ、大一番で負けて落ち込んでいるときに一緒に飲んだことで気持ちは確固たるものになった。

（俺は沢崎さんが好きだ。彼女とつきあいたいし、大事にしたい）

酔い潰れてしまった佑花をタクシーで自宅まで連れていったのは、離れがたい思いが募ったからだ。

普段はパーティーで女性にアプローチされても決して靡《なび》かず、自宅にも将棋の研究会の仲間くらいしか招いたことがない日生だが、彼女には全部見せてもいいと思えた。佑花はこちらの申し出を了承し、抱き合ったときも決して嫌がっているようには見えず、むしろ相性がいいとすら感じたが、だからこそ何も言わずに帰られてしまった事実がひどくショックだった。

佑花とどうしても話したいと考えた日生は、翌日から毎晩のように代々木公園のジョギングコースに通ったものの、彼女は一向に姿を現さなかった。もしこちらに対して思うところがないのであれば、ジョギングを日課にしている佑花は必ずやって来るはずだ。

しかし一週間経ち、二週間が経つ頃も会うことはできず、日生は自分が彼女に避けられているという事実を認めざるを得なかった。

S社から「CMが完成したため、弊社で上映会をする」という連絡をもらったのは、そんなときだ。出来上がったCMの納品ならば、アシスタントをしている佑花もS社に来るかもしれない。

その可能性に賭けた日生は、師匠である波部を誘って試写会に参加した。案の定、彼女はディレクターと共に来社しており、帰り際に何とか彼女を捕まえて話ができたのは日生の作戦勝ちだ。

夜の代々木公園でこちらの想《おも》いを伝え、佑花が交際を了承してくれて、昨夜から日生は夢見心地でいる。

（それにしても、彼女が連絡を絶った理由がこちらに引け目を感じていたからなんてな。……俺はそんなたいした人間じゃないのに）

Ｍ戦の小学生部門での優勝、勧奨会の入会など、幼少期から将棋の世界で持て囃されることが多かった日生だが、自己評価はさほど高くない。

それは小学四年生であがり症になってしまったこと、そして中学生でプロ棋士となるのに挫折したことが影響していた。十三歳七カ月のときに史上最年少で勧奨会三段に上がって話題になり、神童扱いされるようになった日生だったが、中学生でプロになれずに周囲から失望されたことは精神的に苦しかった。

高校一年生で四段に昇段し、そこからはコツコツと実績を積み上げてきたものの、六段昇段後に三年間成績が低迷したことも自己評価に大きく影響している。

スランプから脱したあとは順調に結果を出しており、メディアの出演や広告案件が一気に増えたことは、傍《はた》から見れば喜ばしいことなのかもしれない。だがその一方、芸能人のように見られている実状には内心ひどく葛藤があった。

昔から容姿を褒められることが多かった日生は、現在イケメン棋士の筆頭とされており、人気は過熱するばかりだ。外を歩けばファンを自称する女性たちに声をかけられたり、ときには人だかりができてしまうことがあり、あがり症である日生にとっては恐怖でしかなかった。

帰宅途中に後をつけられているのに気づいてからは危機感を募らせ、セキュリティのしっかりしたマンションに転居して、外出時はマスクで顔を隠している。そんな閉塞感の中、仕事を通じて知り合った佑花を好きになり、晴れて交際できるようになったことが本当にうれしく、日生の心はいつになく浮き立っていた。

(そういえば前に先生に連れていってもらった料亭、美味《うま》かったよな。個室だし、他人の目が気にならなくていいかも)

そんなふうに考えながらスマートフォンを操作し、ウェブで店の予約ができるかどうかを調べていると、ふいに後ろから声が響く。

「お前が研究を中座してベランダに出るなんて珍しいと思ったら、何を熱心に調べてるんだ？」

振り返るとこの家の家主である佐柄がいて、日生は言葉を濁す。

「いや、ちょっと」

「怪しいなー。もしかして女関係とか？」

同い年でつきあいが長い彼は、こちらの性格を熟知している。冗談めかした口調で揶揄《やゆ》され、そのとおりだったので日生が黙っていると、佐柄が眉を上げて意外そうに言った。

「えっ、もしかしてマジか。いつの間にそういうことになったんだよ」

「昨日」

聞かれるがままにこれまでの経緯を当たり障りのない範囲で話したところ、彼が悔しそうな顔でこちらを見た。

「お前の見てくれからすると彼女がいないほうが不思議だったけどさ、仕事絡みの相手と趣味のジョギングで偶然会ってつきあうことになるとか、すっげーうらやましいんだけど。しかも日生の人気に引け目を感じて身を引こうとするなんて、奥ゆかしい子じゃん」

「ああ」

「へー、それで俺と宮本《みやもと》の検討も聞かず、デートする店を探してたってわけですか。ふうん」

佐柄の愚痴交じりの揶揄を黙って聞いていると、さんざん言って気が済んだのか、彼が口調を改めて言った。

「なあ何だ、お前のあがり症を知っても態度を変えないなんて、いい子だと思うよ。つきあえることになってよかったな」

「うん」

「ただし、日生は熱烈なファンやマスコミから注目されてるんだから、くれぐれもばれないようにな。別に悪いことをしてるわけじゃないけど、いろいろと面倒だろ」

「わかってる」

その後、夜に行く店を決めて佑花にメッセージを送ったところ、彼女からは「午後七時過ぎに退勤できる」という連絡があった。そのため、高輪《たかなわ》で午後八時に待ち合わせ、日生は現地に向かう。約束の時間の十分前に到着すると、佑花は既にそこにいた。

「すみません、待たせてしまいましたか」

日生がそう声をかけると、彼女が笑って言う。

「口調、また敬語に戻ってる」

「あ、……」

「わたしもさっき来たばかりなの。奨くん、雑踏の中にいてもやっぱり目立つね」

今日の佑花はオフホワイトのボートネックカットソーにネイビーのセンタープレスパンツという、オフィスカジュアルな服装だ。

茶色い革のバッグにエスニック柄のスカーフを結んでいるのがアクセントになっていて、緩いまとめ髪とチャームが揺れるピアス、華奢《きゃしゃ》なデザインのネックレスが女性らしい雰囲気を醸し出している。

いつもはTシャツにレギンス、キャップというジョギングスタイルを見ることが多いが、仕事のときの彼女はきれいめな恰好だ。日生は佑花を見下ろして言った。

「ジョギングのときの服装も似合うけど、仕事のときの沢崎さんは大人っぽくてきれいだね」

言いながら自分の頬がじわりと熱を持つのがわかり、日生は内心「ああ、まただ」と考える。

（頭の中で将棋を指していないときの俺は、すぐこうやって赤面してしまう。……もっとスマートに振る舞いたいのに）

するると彼女が、面映ゆそうに笑って言った。

「今日はちょっとおしゃれしてきたんだ。せっかく奨くんがデートに誘ってくれたから」

「――……」

「メッセージでURLを送ってきてくれた料亭、調べてみたら素敵なお店だった。すっごく楽しみ」

こちらが赤面しているのに気づきながら、佑花はさらりと流して楽しそうに会話を続けてくれている。

その態度に救われた日生は、ふっと肩の力が抜けるのを感じた。そして自然な笑みを浮かべつつ、彼女を促して歩き出す。

「店は駅から出てすぐのところなんだ。行こう」

創業一〇〇年を超える老舗料亭は、門口をくぐったところからしっとりした和の雰囲気を醸し出していた。

日本庭園に挟まれた石畳の通路を通り、その先にある数寄屋《すきや》造りの建物に入ると、和服姿の女《お》将《かみ》と若女将が揃《そろ》って迎えてくれる。

「日生さま、お待ちしておりました。どうぞこちらへ」

初夏らしい掛け軸と生け花があしらわれた個室からはライトアップされた美しい庭園が眺められ、佑花が感嘆のため息を漏らしてつぶやく。

「きれいな庭だね。奨くん、よくこういうお店に来るの？」

「仕事の関係で地方に行ったときとか、接待で行くことが多いかな。ここは俺の師匠が贔屓《ひいき》にしている店でよく知ってるし、個室で人目を気にしなくていいから選んでみた」

「そうなんだ」

うすいえんどうの茶巾絞りや鱧《はも》や旬の刺身など、初夏らしい料理に舌鼓を打ちながら、いろいろな話をする。

彼女の部署には八人のＣＭプロデューサーと三人のディレクターがおり、他の五人のプランナーと共にサポート業務をこなす毎日はてんてこ舞いらしい。その傍ら、社内コンペに向けて準備しているのだという。

「社内コンペって、ＣＭの？」

「そう。うちの会社はＣＭだけじゃなく、プロモーション映像やミュージックビデオ、舞台やドラマ、映画の企画演出と制作をやってるんだけど、それぞれの部門の社員なら誰でも参加できる大規模なコンペを年に一回開催してるの。もしグランプリを獲れば、うちの部署だとプロデューサーやディレクターへの道が開けたり、大きなプロジェクトに呼ばれたりするようになるから力が入るんだ。本戦の前に、まずは自分の部署のエントリー作品の中を勝ち抜かなきゃいけないんだけどね」

とはいえ日々の仕事をこなしながらコンペの準備をするのは、かなり大変だという。

ときには大学時代の友人に撮影や演出の手伝いをしてもらうのだと言い、日生は感心してつぶやいた。

「将棋でいえば、タイトル戦の予選みたいなものか。要は勝ち抜き戦なわけだし」

「コンペはプロデューサーもプランナーも関係なく参加できて、そういう人たちを全部押しのけていかなきゃいけないわけだから、確かにそうかもね。奨くんも格上の人と将棋を指したりするんでしょ？」

「うん。タイトルを持ってる人や九段の人とも、対局する機会はあるよ」

佑花が「それって勝てるものなの？」とおずおずと問いかけてきて、日生は笑って答えた。

「勝てることもあるし、勝てないこともある。だから前日までに、相手の過去の棋譜や得意な戦型をみっちり研究するんだ」

ちなみに日生は基本的にオールラウンダーだが、どちらかといえば最近は居飛車《いびしゃ》の場合は〝角換《かくが》わり〟、振り飛車の場合は〝三間飛車《さんげんびしゃ》〟を選択する傾向にある。

するとそれを聞いた彼女が、苦笑いして言った。

「実は自分なりに将棋のことを勉強してみようと思ったんだけど、すごく難しいね。駒の意味はもちろん、戦型とかの名前も理解しづらくて」

「もし本当に興味があるなら、俺が教えようか？」

日生の提案に、佑花が眉を上げてこちらを見た。

「えっ、いいの？」

「もちろんいいよ。対局のある日以外は、俺は将棋教室とか道場で対局指導をしてるんだ。子どもから大人まで教えてる」

すると彼女が、感心したようにつぶやいた。

「プロの棋士に教えてもらえるところがあるなんて、すごいね。しかも子どもまでなんて」

「大抵の棋士は、そういうのを副業にしてるよ。タイトルをいくつも持ってる人は対局で忙しくて、なかなかそういう機会を作れないだろうけど」

佑花が将棋に興味を持ってくれたことがうれしく、日生は面映ゆさを噛みしめる。

押しつける気は毛頭ないものの、もし将棋をやってみたいという気持ちが本当なら、いくらでも時間を作るつもりだ。もちろん自分も、佑花の好きなものや趣味を知って共有できたら楽しいと思う。

食事を終えて店から出ると、午後九時半を過ぎていた。明日も仕事だと彼女から聞いた日生は、客待ちのタクシーの方向に向かおうとする。すると佑花がふいにこちらの袖をつかみ、「あの」と言った。

「よかったら、これからうちに来ない？」

「えっ」

「前回に続いて奢《おご》ってもらっちゃったし、お礼にお茶でもどうかなって。実はコーヒーにこだわりがあって、豆とか道具がいろいろ揃ってるんだ」

彼女の頬がじんわりと赤らんでおり、モソモソと話す姿からは精一杯の勇気を出して口に出しているのがわかる。佑花が日生を見上げ、小さな声で問いかけてきた。

「……駄目、かな」

その瞳には確かにこちらへの恋情がにじんでおり、離れがたいという気持ちが伝わってきて、日生は微笑んで答えた。

「駄目なわけない。沢崎さんが誘ってくれるなら、喜んでお邪魔するよ」

幹線道路は日中より幾分交通量が少なく、佑花の自宅がある幡ヶ谷まではタクシーで三十分ほどの距離だった。

駅から徒歩五分のところにあるアパートの二階に上がり、彼女が玄関の鍵を開ける。中は四畳のキッチンと六畳半のリビングを開け放した十畳ほどの空間で、ソファやベッド、テーブルといった家具はすべてヴィンテージウッドと黒のアイアンで統一されている。

ソファとベッドリネンの色は白とグレージュで清潔感があり、観葉植物のグリーンやソファ周りの壁に飾られた額縁入りのポスター、個性的な形のブックタワーなどがインテリアのアクセントになっていた。室内を眺めた日生は、感心してつぶやく。

「すごい、センスがいいんだな。やっぱりＣＭプランナーってクリエイティブな仕事だから、こういうところでも感性が出るんだ」

「独り暮らしを始めて四年なんだけど、今のインテリアはコツコツ好きなものを集めた集大成って感じなの。ソファにどうぞ、今コーヒーを淹《い》れるから」

オープンシェルフに収納されたコーヒーミルやポット、カップなどは黒で、デザイン性と機能性に優れたお気に入りらしい。

スタンドライトに照らされた室内は柔らかな雰囲気で、落ち着ける空間だった。やがて佑花がカップが載ったお盆を手にキッチンからやって来て、日生の隣に座る。

「これ、職場近くのお店で売ってるお気に入りのブレンドなの。好みでお砂糖とミルクを入れて」

「いただきます」

ブラックで飲むと芳醇《ほうじゅん》な香りと適度な酸味、コクがあり、日生は目を瞠《みは》ってつぶやいた。

「あ、美味い」

「よかった。これ、コロンビアとマンデリン、グアテマラをブレンドしてるみたいなんだけど、カフェオレにしても美味《おい》しいんだ」

コーヒーを一口啜《すす》り、彼女が言葉を続ける。

「別に外のお店でコーヒーを飲んでもよかったんだけど、カフェは個室がないし、奨くんが人目を気にしてるのかと思ったから自宅に誘ったの。今度はデリバリーするのもいいかもね」

佑花がこちらを気遣ってカフェではなく自宅に誘ったのだとわかり、日生は眉を上げる。

確かにコーヒーを飲むにはマスクを外さなければならず、誰かに声をかけられる可能性が高い。

だが日生が考えていたのはまったく違うことで、彼女を見つめて言った。

「そっか。俺は全然違う意味に捉えてた」

「えっ？　……えっ？」

こちらの言葉の意味を理解した佑花の顔が、かあっと赤らんでいく。日生がじっと見つめると、彼女がしどろもどろにつぶやいた。

「奨くんの考えで……間違いないよ。食事をしたのがすごく楽しくて、もっと一緒にいたい気持ちになって……それで咄嗟に出た言葉だったから」

それを聞いた日生の心が、じんわりと温かくなる。

おそらく佑花は素直な性格で、嘘がつけない性質《たち》なのだろう。指摘されてすぐに認めるところが可愛らしく、マグカップを置いた日生は彼女の手からもコーヒーを取り上げ、テーブルに置く。

そして佑花の手を握ってささやいた。

「俺も自宅に誘おうか迷ってて、でも明日のことを考えて結局口に出さなかった。沢崎さんに言わせてしまって、ごめん」

彼女に身体を寄せた日生は、唇に触れるだけのキスをする。すると佑花が目元を染め、小さな声で言った。

「〝沢崎さん〟じゃなくて……わたしのことも名前で呼んで」

「佑花？」

「うん」

佑花が恥ずかしそうに頷き、日生は彼女に対するいとおしさが急激にこみ上げるのを感じつつ、再び唇を塞ぐ。

そしてコーヒーの味のする舌を舐め、徐々に口腔に押し入っていった。佑花が控えめに応えてきて、日生は彼女の細い身体を抱きしめてキスを深くする。

「ん……っ、……ふ……っ」

佑花の花のように甘い香りが鼻腔をくすぐり、「もっと触れたい」と考えた日生は彼女をソファの横にあるベッドへと誘《いざな》った。

ゆっくりと押し倒し、首筋に顔を埋めながらカットソーの下の素肌に触れる。肉の薄い腹部を撫で、ブラ越しに胸のふくらみを包み込むと、佑花がふいに「あの」と言う。

「ん？」

「実はわたし、奨くんにお願いがあって」

このタイミングで言ってくるとすると、もしかして避妊具に関してだろうか。

そう考えていた日生だったが、彼女が口にしたのは意外なことだった。

「わたしが奨くんの身体に触りたいの。……駄目？」

少々面食らいつつも、日生が「いいけど」と答えたところ、モソモソと身体を起こした佑花がこちらの胸元に触れてくる。

今日は対局がなかったため、日生はシンプルな白のTシャツにテーラードジャケットというカジュアルな服装だ。彼女はシャツ越しに胸板を撫で回し、感嘆の息をついて言った。

「奨くんの身体、引き締まっててスポーツ選手みたいだよね。ジョギングのときに見るたび、いい身体してるな、触ったらどんな感じなのかなって思ってた」

佑花は日生の腹部に直に触れ、伸び上がるようにしてこちらの首筋に顔を埋める。

されるがままになりながら、日生は思いのほか積極的な彼女に驚いていた。交際すると決まった昨日から佑花は初々しい様子を見せており、前回抱き合ったときも終始こちらがリードしていたために恋愛に受け身な性質なのかと考えていたが、実は彼女の中に自分に触りたい欲求があったのだと思うと、そのギャップに興奮する。

「……っ」

そのときTシャツをまくり上げた佑花がこちらの腹部にキスをしてきて、日生は思わずビクッとした。

彼女が舌先でチロリと肌を舐めるのがくすぐったく、その濡れた感触と息遣いにゾクゾクして、股間に熱が集まっていくのがわかる。

腹部から胸元までついばむように口づけた佑花が、こちらのジャケットとシャツを脱がせてきた。そしてあらわになった上半身を見つめ、うっとりとため息を漏らす。

「やっぱりいい身体……腕も胸もしっかりしてるし、腹筋も割れてるし、インドアな仕事をしてるのに何でこんなに引き締まってるの？」

それは毎日のジョギングと、悪天候でできないときは屋内での筋トレを欠かさないからだ。

棋士が体力勝負というのは嘘ではなく、丸一日、もしくは二日間に亘って対局をこなすのはかなりハードだ。頭脳戦とはいえ肉体的にも激しく消耗するため、意識して身体を鍛えている棋士は多い。

佑花が日生の腹部を撫で、チノパン越しに脚の間に触れてきて、半ば兆した昂りがピクリと反応した。彼女がこちらの唇を塞ぎながら屹立を撫で、日生は佑花の舌を受け入れる。

「うっ……ふっ、……は……っ」

ぬるぬると舌を絡ませ合い、彼女の手がもたらす緩慢な快感に耐える。

ざらつく表面を舐め、ときおり強く舌に吸いつくと、佑花が潤んだ瞳でくぐもった声を漏らした。やがて彼女の手がチノパンの中に入り込み、剛直を直に握ってきて、キスの合間に彼女がつぶやく。

「ぁ、硬い……」

「佑花に触られてるんだから、当然そうなるよ」

初めて名前を呼び捨てにすると、佑花がかあっと顔を赤らめる。

そして柔らかな手で昂りをしごくようにしてきて、日生は熱い息を漏らした。

「……っ」

ダイレクトに感じる刺激に、幹が張り詰めて硬度を増す。

手のひらで幹を握り込みつつ亀頭のくびれを刺激され、じんとした愉悦がこみ上げた。チノパンの中で手を動かすのが窮屈になったのか、彼女が前をくつろげて下着を引き下ろす。

すると充実した屹立があらわになり、それを目の当たりにした佑花がゴクリと生唾を飲んでつぶやいた。

「すごい、……おっきい」

「……っ」

幹をつかんだ彼女が身を屈め、先端にチロリと舌を這わせてきて、日生は息を詰める。

濡れた舌が鈴口をくすぐり、くびれをグルリと舐めたあとに温かな口腔に亀頭をのみ込まれ、ぐっと奥歯を噛んだ。こちらの性器をつかんで口での愛撫をする佑花の姿が淫《みだ》らで、目を離せなくなる。

小さく柔らかな舌を這わせられ、ときおり吸い上げる動きに剛直が反応してビクビクと震えた。

鈴口から先走りの液がにじみ出し、すぐにでも達《い》ってしまいそうに心地よかったが、彼女の口の中に出すのが嫌だと考えた日生は、佑花の頭に触れてその動きを押し留《とど》めた。

「もういいよ。――俺にも触らせて」

「えっ？　……あ……っ！」

彼女の二の腕をつかみ、ぐいっと華奢な上体を引き寄せた日生は、センタープレスのパンツに触れて言う。

「これ、脱ごうか」

ジッパーを下ろし、パンツとストッキングを脱がせると、下着一枚になった佑花が心許ない表情をする。

ボートネックのカットソーも脱がせると黒い上下の下着姿になり、そのなまめかしさに日生はぐっと欲情を煽られた。自身の腰を跨《また》がせる形で彼女の身体を抱き寄せ、小ぶりな尻を両手で揉むと、佑花が小さく声を漏らす。

「ぁ……っ」

ひとしきりその柔らかさを堪能したあと、日生は下着の中に手を入れて後ろから花弁を探った。するとそこは既に熱く潤んでおり、ゆっくり指を挿れていくとぬめる柔襞が絡みついてくる。

「んん……っ」

こちらの首にしがみつく彼女の身体を片方の腕で抱きしめ、日生は隘路で指を抽送させた。潤沢な蜜をたたえたそこはビクビクと震えながら締めつけてきて、ぬるつく感触が指でも充分心地いい。

中に挿れる指の本数を増やすと佑花が小さく呻き、腰を揺らめかせる様がひどく淫靡《いんび》だった。快感に目を潤ませた彼女が顔を上げ、こちらの唇を塞いできて、日生は手の動きを止めないままそれに応える。

「うっ……んっ、……ぁ……っ」

蒸れた吐息を交ぜて舌同士を絡ませ合ううち、互いの間の空気が濃密になっていくのがわかる。

一旦佑花の体内から指を引き抜いた日生は、彼女の身体を仰向けにベッドの上に横たえた。そして脚を大きく開かせ、その間に屈み込んで下着のクロッチ部分を横によける。

指で花弁を開くと柘榴《ざくろ》のように赤い秘所があらわになり、瞳に羞恥の色をにじませた佑花がこちらに腕を伸ばして言った。

「や……っ」

頭を押しのけようとする動きを物ともせず、日生は愛液で濡れ光るそこにじゅっと音を立てて吸いつく。

すると蜜口がヒクリと蠢いて新たな蜜を溢れさせ、それもすべて舐め取った。花弁にくまなく舌を這わせた日生が上部にある花芯を押し潰すと、彼女が感じ入った声を上げる。

「はぁっ……」

愛撫に素直に反応する様が淫らで可愛らしく、日生はますます熱心に舌を這わせる。

蜜口から浅く舌を挿れると中が蠢き、嬌声《きょうせい》が高くなった。佑花がこちらの頭に手を触れてきて、日生が視線だけを上げると上気した顔の彼女と目が合う。その瞳には快楽が色濃くにじみ、普段の溌剌とした明るい様子とは違っていて、日生の中に「もっと乱したい」という衝動がこみ上げた。

細い腰を抱え込んで秘所に顔を埋め、舌での愛撫をじっくりと続けたところ、佑花は息も絶え絶えになる。やがて彼女が自身の太ももを抱え込む日生の手に触れ、吐息交じりの声で訴えてきた。

「ぁっ……もう欲し……っ」

「――……」

こちらの股間は既に痛いほど張り詰めていて、口元を拭った日生は身体を起こす。

そしてチノパンのポケットに入れていた避妊具を取り出すと、自身に被せた。見下ろした佑花は期待と不安が入り混じった目をしていて、日生は切っ先を彼女の蜜口にあてがい、そのまま腰を進めた。

「あ……っ」

愛液でぬめる隘路は熱く、みっちりとした狭さで、日生は強い抵抗を感じながら自身をねじ込んでいく。

丸い亀頭を埋め、奥に進むにつれて締めつけがきつくなって、得も言われぬ快感がこみ上げた日生は思わず熱い息を漏らした。根元まで挿入した途端、一分の隙もなく密着した襞がゾロリと蠢き、気を抜くと内壁の圧で屹立が外に押し出されそうになる。それをこらえつつゆるゆると動かし、中が馴染んだタイミングで少しずつストロークを大きくしていくと、佑花が切れ切れに声を上げた。

「……っ……はぁっ……あ……っ」

濡れそぼった秘所に自身が出入りする様は視覚的に日生を煽り、昂りがより硬度を増す。

彼女の表情には苦痛の色が一切なく、それを見た日生は一旦自身を引き抜いた。

「あっ……何で……っ」

「後ろからしたい。そっち向いて」

佑花の身体を裏返し、ベッドのヘッドボードに彼女をつかまらせた日生は、形のいい尻の割れ目から剛直をあてがって再び挿入する。

正面から抱き合うよりも強い抵抗をおぼえながら根元まで埋め、ずんと奥を突き上げると、佑花がビクッと身体を揺らした。

「んぁっ！」

細い腰をつかみ、尻の柔らかさを感じながら、先ほどより激しい律動で彼女を啼《な》かせる。

無意識なのか逃げを打とうとする佑花の身体を抱きすくめ、何度も腰を打ちつけると、彼女が視線をこちらに向けて言った。

「……っ……これ、深い……っ」

「ああ、佑花の奥まで届いてる。ほら」

「ぁ、あっ」

ずんずんと深いところを突き上げつつ、日生は後ろから佑花の口腔に指を入れて小さな舌の感触を堪能する。すると彼女が半ば振り向きながらこちらの首に腕を回し、唇を塞いできて、ぬるぬると舌を絡ませ合った。

「ん……っ……、うっ、……は……っ」

唇を離すと互いの間を透明な唾液が糸を引き、佑花の潤んだ瞳に日生はいとおしさを掻《か》き立てられる。

どこもかしこも交ぜ合っているのに、もっと欲しい気持ちがこみ上げてたまらない。会う回数が増すごとに好きな気持ちが募っていたが、身体を繋げることでよりその思いが強くなっていた。

背後から彼女の汗ばんだうなじに唇を這わせつつ、日生はささやいた。

「……可愛い、佑花」

「……っ……奨くん、もう……っ」

佑花が切羽詰《せっぱつ》まった声で限界を訴えてきて、日生は律動を一気に速める。

柔らかな身体を抱きすくめて何度も深く腰を入れ、打ち込んだ楔で最奥を抉った。剛直を包む内壁がビクビクと震え、きつく締めつけてきて、急激に射精感が高まっていく。

「あ……っ！」

切っ先を子宮口に強くめり込ませた瞬間、彼女が高い声を上げて達した。

隘路が引き絞るように震え、柔襞がわななきながら全方位から圧を加えてきて、日生はこみ上げる衝動のまま佑花の最奥で熱を放つ。

「……っ」

薄い膜の中に欲情を吐き出し、彼女の中をゆるゆると行き来させる。

絶頂の余韻に震える隘路の感触を味わい尽くしたあとでようやく動きを止めると、佑花がぐったりとシーツに沈み込んだ。

「はぁっ……」

纏めていた髪がすっかり崩れ、彼女の顔や肩に乱れ掛かっている。

汗だくで息を乱す姿はしどけなく、同じく汗だくの日生は佑花の頭に触れて言った。

「ごめん、ちょっと激しくした。痛いところとかない？」

「……平気……」

佑花が上気した顔でこちらを見つめてきて、身を屈めた日生は彼女の頭を抱え込み、唇に触れるだけのキスをする。

すると佑花が首に腕を回して身体を引き寄せてきて、日生はより深く口づけた。

「ん……っ、……ぅっ……」

熱を持った舌を絡ませ合い、情事のあとの甘い余韻を味わう。

そうするうちに彼女の体内に挿入したままの肉杭がピクリと反応し、日生は唇を離して言った。

「ごめん、中身が漏れるといけないから、抜くよ」

「う、うん」

慎重に自身を引き抜き、ティッシュで後始末をする。佑花の身体を腕の中に抱き込んだ日生がシングルベッドの狭さを感じつつ横たわると、彼女がこちらをじっと見つめてきた。

「何？」

「奨くんのことが、好きだなーって思って。つきあうことになったのは昨日の話なのに、昨夜からどんどん気持ちが高まっちゃって、わたしばっかり盛り上がってるのが恥ずかしい」

思いがけないことを言われた日生は微笑むと、佑花の乱れた髪を撫でながら答えた。

「それは俺も同じだよ。避けられているのがわかっていながら強引に仕事で会う機会を作って、ようやく気持ちを受け入れてもらえたんだから、自分でもびっくりするくらいに浮かれてる」

「奨くんが……？」

「うん。今日は仲間の棋士の家で研究会だったんだけど、少し上の空だった」

するとそれを聞いた彼女が、目を瞠ってつぶやく。

「将棋を指しているときは冷静だって言ってたのに、信じられない。でも奨くんもわたしと同じ気持ちでいてくれたなら、すごくうれしい」

笑う佑花は可愛らしく、その表情にぐっと気持ちをつかまれた日生は、彼女の身体を強く抱き寄せて言った。

「――好きだ。俺は頼りない部分もあるけど、これから佑花を精一杯大事にするから」

「わたしも奨くんが好き。でも頼りないと思ったことなんて、これまで一度もないよ。真面目で真っすぐに向き合ってくれるところや、言葉を惜しまずに気持ちを伝えてくれるところに、すごく安心するから」

腕の中のぬくもりがいとおしく、再び欲望が頭をもたげる。

身体が密着しているせいでそれに気づいた佑花が、小さな声で問いかけてきた。

「……あの、もう一回する？　奨くんさえよければ、泊まっていってもいいよ。明日の仕事は何時？」

「明日は対局がなくて、昼にイベントの打ち合わせが一件と午後から道場で指導対局だから、朝は全然早くないんだ」

「そっか。わたしは八時には家を出なきゃいけないけど、じゃあそれまでは一緒にいられるね」

彼女が唇にちょんとキスをしてきて、微笑んだ日生は細い身体をベッドに押し倒す。

まだ先ほどの余韻が冷めやらぬ中、互いの体温が上がるのはすぐだった。柔らかな胸に顔を埋め、日生は目の前の佑花の身体を抱くことに没頭した。

第四章

イーサリアルクリエイティブには、佑花が所属する企画映像部の他に営業部などを含めていくつかの部署がある。

その日、他部署も交えた制作会議を終えた佑花は会議室を出て自分のオフィスに戻ろうとしていた。すると後ろから「沢崎」と声をかけられ、振り向くとそこには同じ部署の男性プロデューサーがいる。

「市川《いちかわ》さん、何か？」

「もう昼休みだろ。よかったら一緒にランチしない？」

彼――市川翔太《しょうた》は、人好きのする顔立ちのイケメンだ。

入社九年目の三十一歳で、これまでいくつものＣＭの賞を獲ったことがある実力派であるものの、本人は至って気さくで面倒見がよく、こうしてときどきランチや飲みに誘ってくれる。

佑花は笑顔で応えた。

「いいですよ。どこにしますか？」

「俺は旦椋庵《あさくらあん》の、カツ丼蕎麦《そば》セットの気分なんだけど」

「じゃあわたしは、冷やしたぬきにします」

一旦オフィスに戻って財布を持った佑花は、市川と連れ立って会社近くの蕎麦屋に向かう。

時刻は十二時少し前で、人気店である店内は既に八割ほどの席が埋まっていた。目当ての品を注文しておしぼりで手を拭いていると、彼が問いかけてくる。

「沢崎とランチするの、久しぶりだな。そういえば社内コンペには参加するんだっけ」

「はい、その予定です。市川さんは？」

「俺は今回はパス。D社さんの案件で忙しくなりそうだから」

「海外ロケですもんね。悪天候を考慮して、撮影の予備日も多めに取らなきゃいけませんし」

先ほどの会議の議題は市川が担当するD社のCMについてで、撮影地はニュージーランドになっていた。

残念ながら佑花は撮影に同行せず、日本での雑務を担当する予定でいる。彼がグラスの水を一口飲み、話を続けた。

「今回の社内コンペ、プロデューサー陣は俺と外塚部長、それに錦戸《にしきど》さんは参加しないけど、森《もり》さんと下条《しもじょう》さんは出るっぽいこと言ってたな」

「あ、そうなんですか？」

「社長にアピールするチャンスだし、賞金も出るからね」

コンペといってもクライアントがいる案件ではなく、社員たちのスキルやモチベーションアップのために開催される、社内コンテストだ。コンペはまず自分の所属する部署で勝ち抜かなければならないため、プロデューサーが二人も参加するのならば気が抜けない。

誰がエントリーしても自分が全力を尽くすことに変わりはないものの、こうして事前に情報をもらえるのはありがたいことだ。そんなふうに考える佑花に、市川が問いかけてきた。

「沢崎は誰かサポートしてくれる人はいるの？　通常の業務をこなしながらコンペ作品を作るのは大変だし、一人じゃ無理だろ」

「大学時代の同業の友人たちが、撮影や編集で協力してくれることになってます」

「あ、なるほど」

既にコンペ用の絵コンテは出来上がっており、撮影場所の候補も絞り込めている状態だ。

撮影許可の取得やキャスティング、小道具の準備などやることは山積みだが、こういう場合は大学時代に一緒に映像を学んだ友人たちが手分けして協力してくれることになっている。

ちょうど今夜、仕事が終わったあとに打ち合わせを兼ねて会う予定だと佑花が語ると、市川が笑って言った。

「いいよな、そういう学生時代の繋がりを維持できてるの。俺はそういう友人とは、仕事で年に一回会うか会わないかになっちゃったよ」

「市川さんは忙しいんですから、仕方ないですよ」

「もし何か困ったことがあったら、遠慮せず相談しろよ。俺はコンペに出ないし、沢崎に協力してもまったく問題ないからさ」

彼の申し出はありがたく、佑花は笑顔で応える。

「ありがとうございます。他のプランナーにも、『市川さんが相談に乗るって言ってくれてたよ』って伝えておきますね」

「いや、俺は沢崎に言ったんだけど……」

市川がモソモソとつぶやき、よく聞こえなかった佑花は首を傾げる。

「何ですか？」

「いや、何でもない」

彼が苦笑いし、別の話題を振ってくる。

やがて注文した品が届いて、二人で蕎麦を啜った。するとふいにスマートフォンから短い電子音が聞こえ、食べ終えてから確認すると日生からメッセージがきている。

〝今日のランチはぶっかけ梅おろしうどん〟というコメントと共に写真が添付されていて、それを見た佑花は微笑んだ。

（〝わたしは冷やしたぬき蕎麦〟……送信、っと。奨くん、今日はJ戦A級の対局だって言ってたけど、調子はどうなんだろ）

日生との交際は、順調だ。

告白されたのは二週間近く前で、最初は彼の知名度に気後れしてフェードアウトを狙っていた佑花だったが、今はそれが信じられないほどに甘い日々を過ごしている。

メッセージのやり取りはもちろん、仕事終わりにどちらかの家に行ったり、時間が合わないときは互いにジョギングをしたあとに夜の公園で待ち合わせ、翌朝まで佑花のアパートで過ごしたりと、恋人としての密度を深めていた。

外で会ったり飲食店で食事をするのに及び腰なのは、マスコミや日生のファンの目が気になるからだ。個室のある店を選べばいいのかもしれないが、もし二人でいるところを見られたらと思うと、ひどく落ち着かない。

そのため、「自宅で一緒に料理をするのはどうか」と佑花が提案したところ、これが意外に楽しかった。彼はパスタや煮込み料理などが得意で、佑花がサラダを作るとバランスがよく、ときには手抜きをしてデリバリーで届けてもらった料理とワインを愉しむこともある。

休日を一緒に過ごしたこともあるが、日生は将棋の知識がない佑花に基本から懇切丁寧に教えてくれた。常にベタベタとくっついているわけではなく、彼は次の対局に備えて棋譜の研究をすることがあるものの、そのときの集中力は目を瞠るほどだ。

何時間でも黙って将棋盤やパソコンの画面に向き合っていて、そういうときは佑花も自分の仕事の資料を読んだり、コンペの準備をしたりと好きなように過ごしている。

一方でベッドでの日生は情熱的で、佑花は愛されている実感を強く感じていた。普段は穏やかな彼はベッドでは思いのほか男っぽく、そのギャップにいつもドキドキする。

そんなことを思い出しているうちに身体の奥がじんと疼き、佑花は慌てて気持ちを落ち着かせた。今夜はコンペ作品の制作を手伝ってくれる友人たちとの約束があるため、日生とは会えない。

その旨をメッセージで送っていると、ふいに向かいに座る市川が口を開いた。

「――沢崎って、最近ちょっと雰囲気変わったよな」

「えっ？」

「前よりきれいになったなと思って。何かきっかけでもあった？　例えば彼氏ができたとか」

じっと見つめながら問いかけられ、佑花の心臓がドキリと跳ねる。

彼の言うとおり、自分に変化があったとしたらそれは日生との交際がきっかけに違いない。だが有名人である彼との関係は、対外的には秘密だ。佑花は笑い、精一杯何気ない表情で答えた。

「そんなことないですよ。わたし、この三年間彼氏いませんから。絶賛募集中です」

すると市川が眉を上げ、ホッとした表情になって言った。

「そっか。なあ沢崎、もし今度俺と休みが合う日があったら――……」

そのときスマートフォンが鳴り、ディスプレイを見て午前中に問い合わせをしていた取引先からの電話だと気づいた佑花は、立ち上がって告げる。

「すみません。J社さんからなので、ちょっと外で電話してきます」

「あ、うん」

やがて電話を終えて戻ると彼が食べ終わっていたため、会計を済ませて会社に戻る。

パソコンの電源を入れて午後の仕事に取りかかりながら、佑花は市川が何かを言いかけていたことを思い出したものの、彼は打ち合わせに出ていて既にオフィスにはいなかった。

（一体何の話だったんだろ。次に会ったときに聞けばいいか）

その日は午後七時に退勤し、二十分ほどかけて六本木《ろっぽんぎ》に移動する。

待ち合わせをしたイタリアンバルに向かうと、そこには大学時代の友人である水谷博史《みずたにひろし》と高崎《たかさき》知美《ともみ》がいた。

「ごめん、待った？」

「いや、さっき来たところ」

「千佳《ちか》は今こっちに向かってるって。あと十分くらいで着くみたい」

彼らと山口《やまぐち》千佳、そして佑花は、大学時代に課題で出されたショートフィルムを一緒に制作した仲だ。

今はそれぞれ広告代理店やプロダクションに勤務していて、誰かがコンペ作品を制作するときに手伝うのが恒例となっている。とはいえ仕事優先のため、休日などを利用して作業をする程度で、あくまでも言い出しっぺが中心で動かねばならず、手伝ってほしい部分を明確にして伝えておかなければならない。

三人で近況を語り合っていると、十分ほどして山口が慌てた顔で現れる。

「ごめんね、遅くなって。連れを待ってたらこんな時間になっちゃった」

「連れ？」

何気なく彼女の背後を見た佑花だったが、そこにいる人物が視界に入った瞬間、心臓がドクリと音を立てる。

それは、二十代後半の男性だった。身長は一七〇センチ台後半で、ノーネクタイのシャツにジャケットというラフな恰好をしている。流行《はや》りの髪型をスタイリングした彼は顎にわずかに髭を生やしていて、顔立ちは平凡ながらもそれなりに整っており、いかにもクリエイターらしい洒脱な雰囲気を醸し出していた。

（何でこの人が……こんなところに）

そんなふうに考える佑花をよそに、男性のことを知らない水谷と高崎が訝《いぶか》しげな顔で問いかけた。

「千佳、そちらの人は……」

「谷平哲士《たにひらてつし》くん。私の友達の知り合いで、カフェで一緒にいるところに声をかけてきたんだ。ＣＭプランナーをしてるって聞いて、同じ業界だから盛り上がってさ。いろいろ聞いたら彼が佑花と前の職場で同僚だった人で、びっくりしたの」

確かにそのとおりだ。

谷平は、佑花が二年前に勤めていた広告代理店の同僚だった。しかしまさかここで再会するとは思わず、何も言えずに固まっていると、彼が笑顔で声をかけてくる。

「久しぶりだな、沢崎。お前が転職して以来だから、二年ぶりくらいか。元気だったか？」

谷平に話しかけられ、佑花はぐっと言葉に詰まる。彼がにこやかに言葉を続けた。

「山口さんが沢崎と知り合いだって聞いて、世間って狭いんだなって驚いたよ。しかもコンペ作品の制作を手伝うのを知って、面白そうだと思ってさ。俺も一緒に同行させてくれないかってお願いしたんだ」

「『サプライズにしたい』って谷平くんが言うから、内緒で連れてきたんだけど。もしかして駄目だった？」

山口が心配そうにそう問いかけてきて、佑花は咄嗟に表情を取り繕い、笑顔で言う。

「ううん、そんなことないよ」

全員で席に着き、ドリンクと料理をオーダーしたあと、コンペ作品の概要を絵コンテを使って説明する。

そうしながらも、佑花は谷平のことが気になって仕方がなかった。彼は当たり前のような顔をして話に加わっているが、本当は同席してほしくない。だがこの場の雰囲気を乱すと思うと言い出せず、モヤモヤする。

やがて絵コンテを見た水谷が言った。

「じゃあ俺は、編集を担当するよ。仮編集で一週間、本編集で十日もらっていいかな」

「私はナレーションと音響の手配ね。知美は小道具でいい？」

「うん。役者さんのスタイリストは必要？　私は何人か知ってるけど、佑花のお勧めの人がいれば教えて」

撮影カメラマンと照明の手配、全体のスケジュール進行は佑花が担当し、撮影前にＰＰＭ、つまり演出プランとキャスティング、役者の衣装とメイクなどのスタイリング、使用する小道具などに関して最終確認をするミーティングを行うことを申し合わせる。

するとと谷平が口を開いた。

「じゃあ俺は水谷さんの編集作業を手伝おうかな。連絡先、交換してもらってもいいですか」

彼は「他の皆さんも繋がりましょう」と笑顔で提案し、二次元バーコードを読み込む。

そしてこちらに視線を向け、当然のように言った。

「ほら、沢崎も」

「……うん」

それから酒を飲みながら雑談に興じ、全員同じ業界にいることもあって盛り上がった。

谷平は水谷と高崎とは今日が初対面のはずだが、生来の社交性を遺憾《いかん》なく発揮し、二時間が経つ頃にはすっかり打ち解けている。彼は「店を変えて飲み直しますか」と提案したものの、佑花がすかさず言った。

「ごめん、わたし、明日までにまとめなきゃいけない仕事の資料があるから、これで帰るね」

「えー、そうなの？」

お金を頭割りより多めに出し、今日集まってくれたことに対する礼を述べて、店を出る。

雑多な匂いのする夜気が足元を吹き抜け、多くの人々が行き交う中、駅に向かって足早に歩く佑花の心は千々に乱れていた。

(何で谷平くんが、わたしたちの集まりの中に入ってくるの。まさか二年前のことを忘れたわけじゃないよね？)

谷平に関しては嫌な思い出しかなく、はっきり言って二度と会いたくなかった。向こうもこちらと会うのは気まずいものだと思っていたが、先ほどの態度を見るかぎりそうではなく、佑花はじっと考える。

（今回のコンペ作品制作に関しては、すべてわたしに権限がある。谷平くんに手伝ってもらう筋合いはないんだから、はっきり断ろう）

人の邪魔にならないように往来の隅に立ち止まり、バッグからスマートフォンを取り出す。

そして先ほど強引に交換されたアドレスを呼び出し、彼にメッセージを送った。

（何て送ろうかな。〝今回は突然打ち合わせに入ってこられて、困惑しています〟……それから、〝わたしは二度とあなたに会いたくありません。コンペ作品の制作に関してあなたに頼むことは何もありませんので、今後は参加しないでください〟――こんな感じでいいかな）

立て続けに谷平にメッセージを送ったあと、佑花は少し考えて〝あなたもいろいろとつきあいがあるでしょうから、他のメンバーには今回の集まりから抜ける理由を伏せておきます〟という文面を作成し、送信する。

そしてその後、彼のアドレスをブロックした。

（これでよし。他の皆には、「谷平くんは仕事が忙しくて、手伝いには参加できなくなった」って伝えておこう。ここまで言えば、彼が今後わたしに関わりを持とうとすることはないはず）

谷平との再会は、佑花に大きな精神的ダメージを与えていた。

思い出したくない過去を揺り起こされ、胃がぎゅっと締めつけられる。二年前に受けたショックと心の痛みがよみがえり、かすかに顔を歪《ゆが》めた佑花は意識して深呼吸した。

(もう、やめやめ。今のわたしは仕事もプライベートも充実してるんだから、過去のことを思い出す必要なんてない。――今日かぎり、谷平くんのことは忘れよう)


それから数日は、何事もなく過ぎた。

相変わらず仕事は忙しく、佑花はディレクターから頼まれたロケ地のリサーチをしたり、撮影で使う小道具を揃えに都内の店を回ったり、社内の会議に参加する。その一方で企画書をせっせと書き、仕事が終わったあとはコンペの準備をしたり日生に会ったりと、忙しいながらも充実した日々だった。

そんなある日、同じ課の男性プランナーである金田《かねた》に声をかけられる。

「沢崎、E社さんの広報担当の名刺って持ってる？　探したけど見つからなくて」

「たぶんあるよ。ちょっと待って」

引き出しの中でケース分けした名刺ストックを調べた佑花は、やがて目当てのものを見つけて彼に手渡す。

「あったよ。はい」

「おっ、サンキュ。すぐ返すから」

金田はスマートフォンで名刺の表裏を撮影し、佑花に返しながら、「そうだ」と言ってこちらを見る。

「沢崎、うちの課に中途採用の人が入るって話聞いた？　さっき外塚部長が面接してて、たぶん採用になるんじゃないかって」

「ふうん、そうなんだ」

イーサリアルクリエイティブは毎年新卒採用を行っているが、中途採用もしている。

ＣＭ制作や配信などの映像に関わる制作進行の経験者、社会人経験二年以上、画像編集ソフトや動画編集ソフトを扱える人材に限られているが、年に数人はそうした採用で入社してくる者がおり、佑花もそのうちの一人だった。

（新しい人、プランナーかな。それともディレクター？　最近は手掛ける案件が多くて忙しいから、人手が増えるのはいいことだよね）

そんなふうに考えながらパソコンに向き直り、仕事の続きに取りかかると、しばらくして外塚が一人の男性を伴ってオフィスの入り口に現れる。

どうやら面接した採用希望者にオフィスの様子を見せに来たらしく、にこやかに説明していた。

「ここが企画演出部のオフィス。現在は八人のＣＭプロデューサーと三人のディレクター、五人のプランナーがいるんだ。比較的年齢層は若いけど、実力ある人間が揃っているから、いい刺激になると思うよ」

話し声に気づいて視線を向けた佑花は、驚きに目を見開く。

外塚の横にいるのは数日前に会った谷平で間違いなく、顔から血の気が引いていくのがわかった。

（何で谷平くんがここに……中途採用って、まさか谷平くんのこと？）

あまりのことに理解が追いつかず、ひどく混乱する。

オフィス内に視線を巡らせていた彼はふとこちらに目を留め、微笑んだ。そして外塚に何やら話しかけると、彼が佑花に視線を向けて呼びかけてくる。

「沢崎、ちょっと」

無視するわけにいかず、自分の席から立ち上がった佑花は、「はい」と応えて外塚の元に向かう。

すると彼が笑って言った。

「さっき二次面接に来た谷平くん、業界経験者だから採用することが決まったんだけど、沢崎とはリベレイトピクチャーズで一緒だったんだって？　何も知らずにうちに応募したらしいけど、世間って狭いよな」

「あの……」

「このあいだ会ったときは、まだ最終面接に通ってなかったから黙ってたんだ。これから同僚になるからよろしくな、沢崎」

谷平に笑顔でそう告げられ、佑花は返す言葉に詰まる。

自分の席に戻りながら、信じられない気持ちでいっぱいだった。数日前のコンペ作品の打ち合わせの際、山口は「谷平は友人の知り合いで、話をしているうちに佑花の元同僚だとわかり、本人の希望もあって連れてきた」と語っていたが、おそらくあのときの谷平は既にイーサリアルクリエイティブに中途採用される勝算があったため、わざとこちらに接触してきたのだろう。

(これから彼が同僚になるなんて、冗談じゃない。もしまた二年前みたいなことになったら……)

外塚に事情を話し、谷平の採用を思い留まってもらうべきだろうか。

しかし面接には彼だけではなく複数の幹部社員が関わっているはずで、一般社員である佑花がそれに異議を唱えることはできない。たとえ事実を告げたとしても、証拠がない状態では谷平への名誉棄損になってしまうかもしれず、二の足を踏んでしまう。

パソコンの画面に向かい、仕事の続きに取りかかろうとするものの、気もそぞろで集中できなかった。電話の音や話し声でざわめいて活気があるオフィスの中、重苦しい気持ちを抱えた佑花は、しばらく何もできずにパソコンのディスプレイを見つめ続けていた。

＊＊＊

プロ棋士の年収は主に四つからなり、参稼報償金と大会の賞金・対局料、将棋教室や道場での指導料、そして広告収入だ。

参稼報償金は段位に応じた基本手当で、年俸を月割して支給される。対局料は一回対局するごとに支払われるもので、通常の相場は一局当たり数十万、R戦のトーナメントでは最終的に数百万円まで上がっていく。

賞金はタイトル戦や大会で支払われる報酬で、これも数百万から数千万円と幅広い。教室での指導料は段位が上であればあるほど高い金額が支払われるため、個人差があった。

メディアに露出が多い有名棋士は、ＣＭなどの広告収入が大きい。つまりトップクラスのプロ棋士はすべてを合わせると年間数千万円の収入があり、日生はその上位の存在だ。

将棋の連盟に所属している以上は将棋の普及に努めなければならず、対局に影響がない程度にさまざまなイベントに参加するのは棋士としての責務だといえる。しかしあがり症である日生にとっては、かなりの苦痛を伴うものだった。

六月下旬のその日、日生は連盟の専務理事を務める平尾《ひらお》雅史《まさし》九段と共に、フランスのハイブランド〝ＬＵＣＩＯＬＥ《リュシオール》〟のパーティー会場にいた。

日生はメンズブランドアンバサダーに選ばれており、新作発表会に招待されてのことだ。

（本当は断りたかったけど、ここのブランドが大好きな平尾九段に「せっかくだから引き受けなよ」ってゴリ押しされたんだよな。雑誌のグラビアはともかく、コレクションのショーモデルは何とか回避したいけど、どうなるか）

平尾は五十代の洒脱な男性で、大のブランド好きである彼は今回のパーティーの同行を自ら申し出てきた。

ＬＵＣＩＯＬＥの高価なスーツに身を包み、髪をセットした日生は、華やかなパーティー会場に到着してからずっと頭の中で将棋を指している。

頭の中であれこれ駒を動かしていると、平尾が目を輝かせて言う。

「日生くん、あそこにいるの女優の喜瀬《きせ》藍子《あいこ》だよ。やっぱきれいだなあ、面識ある？」

「いえ、ないです」

有名人が多くいる会場ではしゃいだ様子の彼は、自分とは正反対に落ち着いた様子の日生を見やり、何ともいえない表情で言う。

「〝対局モード〟に入ってる君は、普段と違って本当にクールだね。こんなに芸能人がいるのに、まったく見向きもしないでさ」

「すみません」

平尾は日生が実はあがり症なのを知っており、連盟の鷲尾《わしお》会長から「日生くんが人前で襤褸を出さないよう、しっかりフォローしてあげるように」と申しつけられてきているらしい。彼が言葉を続けた。

「別に謝らなくてもいいよ。メディアの前では上手く取り繕えたほうがいいし、そうやって意識を切り替えられるのはいいことだからね。ここに来たからには来場者に挨拶をしなきゃいけないけど、相手とは僕がメインで喋るから心配しないで。名刺だけはすぐに出せるように用意しといてくれる？」

「わかりました」

まずはブランドのフランス人デザイナーとクリエイティブディレクター、店長らと挨拶を交わし、写真撮影に応じる。

その後は会場内にいる人々に挨拶回りをしながら、日生は頭の中に将棋盤を思い浮かべることで上手く意識を目の前からそらした。パーティーに招待されているのはファッションやマスコミ関係、富裕層の人々や芸能人と幅広く、たくさんの人に「日生八段ですか」と声をかけられる。

やがて一時間が経つ頃には、日生はだいぶ気疲れしていた。平尾に「ちょっとお手洗いに行ってきます」と言って会場の外に出て、ロビーでため息をつく。

(はあ、もう帰りたい。性格的にこういう場は本当に向いてないのに、何で将棋以外のことで煩わされなきゃならないんだろう)

ポケットからスマートフォンを取り出してみると、佑花からのメッセージはきていない。いつもなら仕事が終わるタイミングで「これから帰ります」と送ってくるため、もしかしたら残業をしているのだろうか。

半月ほど前からつきあい始めた彼女は、緊張しがちな日生の心を緩めてくれる存在だった。いつも笑顔でポジティブな佑花と一緒にいると、自然とリラックスできる。互いの家を行き来して料理をしたり、サブスクでドラマや映画を見たりするのはもちろん、抱き合う行為は心身共に満たしてくれ、彼女への愛情は日々増す一方だった。

(俺が人目を気にしているから家ばかりになってしまって、佑花に申し訳ないな。次の彼女の休みに、「外に出掛けよう」って提案してみようか)

そんなふうに考えていると、ふいに後ろから声が響く。

「――もしかして、今も頭の中で将棋を指してるの？　人前であがり症を誤魔化すために」

思いがけない発言に驚き、日生は弾かれたように声がしたほうを振り返る。

そこにいたのは、メタリックなベージュのブランド物のドレスに黒のジャケットを羽織った、二十代半ばに見える女性だった。くっきりした顔立ちはパーティーらしいラメやパールで強調され、巻き髪が華やかだ。スラリとした体形はモデルを思わせ、爪の先まで抜かりなく整えられている。

彼女の顔には見覚えがあり、日生は頭の中で目まぐるしく考えた。

(沙英子《さえこ》？　いや違う、彼女は今アメリカにいるはずだし、だとしたら――……)

こちらにゆっくりと歩み寄ってきた女性がニッコリ笑って言った。

「久しぶりね、奨。元気だった？」

「史乃《ふみの》さん、どうして……」

「どうしてって、このパーティーに呼ばれたから。私、今は美容系インフルエンサーをしてるの。知らなかった？」

彼女――仲嶋《なかじま》史乃と会うのは、四年ぶりだ。

日生が二十三歳のときにぱったりと姿を現さなくなり、それ以来接触はなかったが、まさかこんなところで会うとは思わなかった。史乃がニコニコして言った。

「奨、ＬＵＣＩＯＬＥのブランドアンバサダーになったでしょ。だったらこの会場で会えるかもしれないと思って、探していたの。そうしたらちょうど一人になったから、追いかけてきたってわけ」

　同い年である彼女は現在二十七歳のはずだが、実年齢より幾分若く見える。

　美容系インフルエンサーというのは嘘ではないのか、肌もスタイルもきれいで、頭の先からつま先まで抜かりなく金をかけているのがよくわかった。日生はぐっと拳を握りしめ、端的に告げた。

「申し訳ありませんが、あなたと話すことは何もありません。失礼します」

「――待って」

　史乃がこちらの肘をつかんで引き留めてきて、日生は眉をひそめる。

　頭ひとつ分背が低い彼女が、日生を見上げて言った。

「もしかして、四年前の発言を怒ってるの？　あれは成績が低迷していたあなたに発破をかけるつもりで言ったのよ」

「………………」

「でも奨はそれから復活して、八段まで上がったでしょ？　メディアの露出も増えて、今はまるで芸能人みたいに持て囃されてるじゃない。やっぱり私の目に狂いはなかったんだって、うれしく思ってたの」

　まるで日生が現在の地位にあるのは自分の手柄だと言わんばかりの発言に、じわりと不快になる。史乃につかまれた手を解いた日生は、淡々とした口調で告げた。

「四年前、あなたは俺に見切りをつけたからこそ接触してこなくなったんじゃないですか？　今さら声をかけていただかなくても、俺は何も困りませんので」

「そんな言い方をするってことは、私がいなくなって寂しかったんでしょ。もう、私のことが好きだったんなら、素直にそう言えばいいのに」

あまりに勘違いした発言をされ、日生は嫌悪感でいっぱいになりながらつぶやく。

「……は？」

「今の奨は実力も人気も申し分なくて、私にふさわしい人間になったわ。だから私たち、ちゃんとつきあわない？　きっといい関係になれると思うの」

能天気な彼女の言葉に、日生は怒りがじわじわとこみ上げてくるのを感じる。そんな様子を意に介さず、史乃が「それに」と言って笑った。

「奨、気づいてる？　私の前ではあがり症が出なくて、素の顔で話せてるの。それって私にすっごく気を許してるってことよね」

「――……」

確かに日生は慣れない人間の前では、赤面して上手く話せない。

彼女に相対している今も赤面してはいないが、それは怒りの感情のほうが勝《まさ》っているからだ。

日生はぐっと気持ちを抑えてポーカーフェイスを作ると、踵《きびす》を返して告げる。

「――会場に戻らなければなりませんので、失礼します」

パーティー会場に向かって歩きながら、日生はふつふつとした怒りを押し殺していた。

身勝手な史乃の言葉に、ひどく気持ちを掻き乱されている。

（「私がいなくなって寂しかったんでしょ」とか、「今の奨は人気も実力も申し分なくて、私にふさわしい人間になった」って、一体何なんだ。俺たちは一度もつきあったことがないのに）

日生がかつて交際していたのは、史乃ではなく別の女性だ。

それなのにまるで自分たちが過去に特別な関係だったかのように発言するのは、勘違いも甚だしい。しかも彼女は馴れ馴れしく〝奨〟と下の名前を呼び捨てにしてきて、それもひどく不快だった。

だが会場に戻れば大勢の視線を意識しなければならず、日生は深呼吸して気持ちを落ち着かせる。イレギュラーな出来事に驚いてしまったが、今後一切関わりを持たなければいい話だ。

史乃とつきあうつもりは毛頭なく、今の自分には佑花という大切な存在がいる。あと十日もすればE戦の予選があり、そのための勉強もしなければならない。そう結論づけ、こわばっていた肩の力を抜いた。

（彼女のことは、忘れよう。――もう会うこともないんだから）

しかしその考えは甘かったことを、日生はすぐに思い知らされることになる。

ＬＵＣＩＯＬＥのパーティーから三日後の火曜、師匠である波部の自宅で開催された研究会を終えて帰宅した日生は、マンションの前で史乃の姿を見つけて思わず足を止めた。

するとこちらに気づいた彼女が、笑顔で歩み寄ってくる。

「遅かったわね、奨。待ちくたびれちゃった」

「……どうしてここにいるんですか。今の俺の自宅は知らないはずじゃ」

今の住まいは二年前に引っ越してきた場所で、四年前の住所とは変わっている。

つまり史乃は知らないはずだが、彼女はなぜここにいるのだろう。そんな疑問を抱く日生を見上げ、史乃がニッコリ笑って言った。

「それはね、私が奨の後をつけたから」

「えっ」

「奨が千駄ヶ谷の会館に通ってるのを思い出して、出待ちして後をつけたの。四年前はこぢんまりしたマンションに住んでたのに、今はこんなにすごいところに引っ越したのね。まあ段位も八段に上がったし、あんなにＣＭや広告に出てるから当然か」

彼女は日生の腕に触れ、「それより」と言葉を続けた。

「敬語で話すの、他人行儀だからやめてくれない？　前はもっとフランクに話してくれてたでしよ」

頭にカッと血が上るのを感じたものの、日生はそれを意識して抑える。

(落ち着け。ここで史乃に構ったら、彼女の思う壺《つぼ》だ。四年前もさんざん振り回されたのを忘れたのか)

深呼吸し、何とか平常心を取り戻した日生は、スーツのポケットに手を入れる。

そしてスマートフォンを取り出して淡々と告げた。

「――ストーカー行為をするのなら、今すぐ警察を呼びます。わざわざ出待ちをした挙げ句に後をつけて自宅を特定するのは普通ではないですし、先日も言ったとおり俺はあなたと話すことは何もないので」

すると史乃が、鼻白んだ顔になって言った。

「再会したばかりの前回はともかく、今日もそういう態度を取られるの、本当に白けるんだけど。つんけんしちゃって、そんなに四年前のことを根に持ってるの？」

「………」

「まあ奨がそういう面倒臭い性格なのは、私はよくわかってるけど。いいわ、今日のところはおとなしく帰ってあげる。じゃあね」

〝警察を呼ぶ〟という脅《おど》しが利いたのか、彼女があっさり帰っていく。

史乃の後ろ姿を見送りながら、日生はぐっと唇を引き結んだ。心にこみ上げるのはじりじりとした危機感で、四年前の苦い思い出がよみがえり、憂鬱な気持ちになる。

そのとき手の中のスマートフォンが電子音を立て、驚いてディスプレイを見ると佑花からメッセージがきていた。内容は〝プロジェクトの納期が近くて、今日も残業になっちゃった〟〝会う時間はないかも　ごめんね〟というもので、日生は目を伏せる。

(「納期前は終電になることもある」って言ってたから、仕方がないか。……昨日も会えなかったし、本当はちょっとだけでも顔を見たかったんだけどな)

互いの自宅は駅ひとつ分しか離れておらず、会おうと思えばすぐに会いに行ける距離だが、朝はゆっくりできる日生と違って佑花は八時には家を出なければならない身だ。

そんな彼女を疲れさせるのは気が引け、小さく息をついた日生は気持ちを切り替える。

(俺は俺で、やるべきことをやろう。次は秋村《あきむら》八段との対局だから、傾向と対策を考えないと)

心に引っかかっているのは史乃の今後の動きだが、佑花に彼女の話をするつもりはない。言っても不安にさせるだけであり、日生自身が史乃と関わる気はないのだから、わざわざ伝える必要はないと考えていた。

(自宅を特定されてしまったけど、ここは二重オートロックでコンシェルジュも常駐してるから、中まで入られる心配はない。だから大丈夫だ)

とはいえ厄介な人間にロックオンされてしまった自覚はあり、ため息が漏れる。

先ほどは〝警察〟という言葉を口にした途端にすぐ引いたため、毅然《きぜん》とした態度を取り続ければひとまずは安心だろうか。だがしつこく付き纏われるかもしれない可能性を考えると、他の対策も考えておくべきかもしれない。

（……最近の史乃の様子について、共通の知り合いにそれとなく聞いてみよう。情報はあるに越したことはないもんな）

頬にポツリと何かが当たった気がして空を見上げると、鈍色《にびいろ》の雲が垂れ込めて雨が降り始めていた。

みるみるうちに雨粒が増え、アスファルトにまだらな染みが広がって、日生は「佑花が帰る時間までに止《や》むだろうか」と考える。

次に彼女に会ったときは、こちらが抱いている気鬱を悟られてはならない。過去のことは一切思い出さず、穏やかに過ごせたらいいと思うが、それは難しいだろうか。

史乃の後ろ姿はもう見えず、安心した日生はマンションのエントランスに入る。そしてオートロックを解除しながら、「佑花と次に会えるのはいつだろう」とじっと思いを馳《は》せた。

第五章

ＣＭは限られた時間内に、視聴者にメッセージやインパクトを残すことを求められる。予算や納期に沿っていかに効果のある結果を引き出すかを考えるのがＣＭプランナーの仕事だ。

イーサリアルクリエイティブでは実務面をプロデューサーが担っており、プランナーは彼らの仕事を間近で見ながらその補佐をしている。とはいえ立案する力を培うために日頃から週に五本の企画書を作成することを義務づけられており、日常業務をしながらアイデアを練るのは大変だ。

プランナーとしてもっとも必要な要素は〝アイデア力〟で、業界のトレンドや時代に合ったニーズを組み込みつつ、商品の魅力を十二分に伝えるＣＭを考えなくてはならない。

最新の流行を追う情報収集力が鍵となるが、世間のニーズはあっという間に変化してしまうため、常にアンテナを張り巡らせて時流に貪欲に乗ることができる人間がプランナーに向いているといえる。

また、プロジェクトを円滑に進めるために必要なものがコミュニケーション能力だ。クライアントとの打ち合わせで必要な情報を引き出すのはもちろん、内容を制作スタッフに正確に伝える伝達力やスケジュールを上手く組み立てる調整力など、求められる要素は多い。

つまり人当たりがよく、コミュニケーション能力が高いプランナーは関係者のモチベーションを上げることができ、結果的に意識の高い雰囲気作りと現場のスムーズな進行に貢献することが可能なため、そうした人間はプロデューサーから重宝される。

自分の席でパソコンに向かい、企画書を作成しながら、佑花はモニター越しにオフィスの反対側でディレクターと話している谷平の様子をそっと窺った。

中途採用されることが決まり、早速週明けの昨日から出勤し始めた彼は、コミュニケーション能力が高い。誰にでも笑顔で話しかけてさまざまな話題を振り撒《ま》くのが得意で、急速に社員たちと打ち解けつつあった。

そんな谷平を見る佑花の気持ちは、複雑だ。前の職場が同じだったことはもちろん、コンペ作品の制作打ち合わせに勝手に同席した彼に、佑花は「わたしは二度とあなたに会いたくありません」「コンペ作品の制作に関してあなたに頼むことは何もありませんので、今後は参加しないでください」という辛辣《しんらつ》なメッセージを送り、ブロックした。

それについてはまったく後悔しておらず、当然のことだと思っているが、二度と会わないと思っていた相手が同僚になってしまったのはひどく気まずい。しかも谷平は面接の際に外塚に自分たちが旧知の仲である事実を話しており、無視できない状況にされたのも業腹だ。

おまけに彼は入社初日に企画演出部の面々の前で挨拶したとき、「前職であるリベレイトピクチャーズでは、沢崎さんと一緒に仕事をしていました」とわざわざ発言し、同僚たちからいろいろ聞かれる羽目になってしまって、心底うんざりしている。

（会社では何とか谷平くんを避けて会話しないようにしてるけど、この先ずっとっていうのは無理だよね。……どうしたものかな）

幸いなことに谷平に仕事を教えるのは他の人間がしていて、佑花はノータッチでいられている。だが同じ部署にいるのだから、いつか一緒のプロジェクトで動く機会もあるだろう。そんなふうに考えて憂鬱な気持ちになりながら、佑花は書きかけの字コンテを保存し、パソコンにロックをかけて席を離れる。

そしてコーヒーを淹れるべく、同じ階にある給湯室へと向かった。

（今書いてる企画書を仕上げたら、錦戸さんに頼まれたスタジオの手配とクライアントへの宣材の確認をしないとな。O社さんの納期前の編集作業は大詰めだから、今日も帰りは終電か）

納期前にもっとも重要なのは、映像編集作業への立ち会いだ。

出来上がった映像に対して、演出面や訴求の相違がないかを何度もフィードバックを重ね、商品の見せ方はもちろん、ナレーションの聞こえ方まで細かくチェックしていく。

もしクライアントから修正がきた場合は漠然とした言い方ではなく、「このカットのコントラストをもう少しはっきり」「この部分のナレーションのテンポを若干落として」といったように、実際に修正作業をする担当者に具体的な指示をすることも必要だ。

さらに表現や文言が法的な問題に引っかからないかも確認しなければならず、やることは山積みで、プロジェクトのメンバーはしばらく帰宅が遅い日が続く。

コーヒーマシンにマグカップを置き、カフェオレのカプセルをセットしながら、佑花はため息を押し殺した。

（もう四日も、奨くんに会えてない。たった一駅しか離れてないけど、向こうも仕事をしてるから遅い時間に「会いたい」って言えないし、奨くんはわたしに不満を抱いてるかも）

とはいえメッセージのやり取りは頻繁にしており、先週の土曜は「ハイブランドの新作発表会に、アンバサダーとして参加した」という報告を受けた。

プロ棋士であると同時に芸能人並みの人気があり、ＣＭや広告のみならずブランドのアンバサダーまで務める日生を、佑花はつくづく「すごい人だな」と感じる。ＣＭプランナーという仕事柄、芸能人と関わる立場からしても彼を雲の上の人だと思うが、そんな人間が自分の恋人である事実がまだ信じられない。

（パーティーのときの奨くん、きっと恰好よかったんだろうな。そういう場に参加したいとは思

わないけど、ハイブランドのスーツ姿は見たかったかも）

目の前で湯気を立てながら注がれていくカフェオレを見つめつつ、佑花はふと「ブランドのパーティーなら、ネットで記事が上がっているかもしれない」と考えた。

ならば後で検索してみよう——そう思いながらカップを手に取ろうとした瞬間、「あ」という声が響いて何気なく戸口に視線を向ける。

するとそこに立っていたのは谷平で、佑花はドキリとして動きを止めた。

「沢崎じゃん。ちょうどよかった、俺にもコーヒー淹れてくんない？」

フランクな口調で話しかけてくる彼を前に顔をこわばらせた佑花は、自身のマグカップを手に取ると愛想のない口調で告げる。

「コーヒーが飲みたいなら、ご自分でどうぞ。わたしは仕事がありますので」

そのまま脇を通り過ぎようとした佑花だったが、谷平が給湯室の入り口に立ちはだかり、通れなくさせる。

ムッとして顔を上げた佑花を見下ろし、彼がニコニコ笑って問いかけてきた。

「沢崎さあ、このあいだメッセージを送ってきたあと、俺のトークアプリのアカウントをブロックしただろ。何で？」

「理由は書いたはずだよ。わたしはあなたと一切関わりを持ちたくないし、自分のコンペ作品の制作に入ってこられるのも嫌なの。そもそもわたしの許可も得ずに、勝手に参加するほうがおかしいでしょ」

「冷たいなあ。リベレイトピクチャーズでは同期入社で、あんなに切磋《せっさ》琢磨《たくま》してきた仲なのに」

その言葉を聞いた佑花は、一気に血が沸騰するのを感じる。

言い返そうとしたものの、ここは職場でいつ誰が来るかわからない場所だということを思い出し、すんでのところでこらえた。するとそんなこちらの気持ちを知ってか知らずか、谷平がのほほんとした口調で言う。

「俺がここを受けたのは、偶然だよ。でもお前が働いてる会社だってわかったときは、こんなことがあるのかってびっくりした。もしかしたら俺たち、運命の赤い糸で繋がってるのかもな」

それを聞いた佑花はゾッとし、我慢できずに吐き捨てる口調で告げる。

「何が運命よ、馬鹿にしないで。わたしはあなたと馴れ合う気はないし、仕事の上では先輩になるんだから、今後は気安い口を利かないでください」

マグカップを持った佑花は今度こそ彼の脇を通り過ぎ、廊下に出る。

そしてオフィスに向かって足早に歩きながら、ふつふつとした怒りを押し殺した。先ほどの谷平の態度には悪びれた様子が一切なく、苛立《いらだ》ちが募る。

(何なの、あれ。谷平くんはわたしに対して、まったく罪悪感を抱いてないってこと？——人

のアイデアを盗んだくせに）

自分の席に戻った佑花は、デスクの一番下の引き出しを開ける。

そこにはこれまで書き貯めてきたＣＭの字コンテと絵コンテが、ポートフォリオとして一冊のファイルにまとめられていた。

それを取り出して順番にめくっていくと、やがて前の職場のときに書いたものが出てくる。そのうちのひとつを見た瞬間、佑花の胸がズキリと痛んだ。これを作っていたのは二年余り前で、当時の佑花は大学卒業後に新卒で入社したリベレイトピクチャーズで駆け出しのプランナーをしていた。

リベレイトピクチャーズは大手広告代理店が一〇〇パーセント出資した映像制作会社で、有名企業のＣＭを数多く手掛けており、業界内でも有数の企業だ。同期入社は五人いて、そのうち同じ部署に配属されたのが谷平哲士だった。

大手の会社で、しかも若手ともなればやらされる雑務は膨大であり、仕事は今よりハードで休みも安定しなかった。人の入れ替わりも激しく、上の人間に振り回されて精神的につらいことも多かったものの、同期の仲がよかったことが精神的に大きな支えとなった。

クリエイターばかりの業界内で頭角を現す人間が総じてやっていることは、社内外のコンペティションへのエントリーだ。向上心が強かった佑花は忙しい業務の合間を縫い、ある広告大賞への応募を検討していた。

それはテレビやラジオＣＭの向上を目的として毎年開催されている大規模なもので、協賛企業の中から自分が好きな会社を選び、十五秒かそれ以上の尺でＣＭを作成して商品をアピールするという内容になっている。

もし入賞できればＣＭプランナーとして大きな箔がつくものの、まだ入社二年目で駆け出しといっていい立場の佑花は、エントリーすることに若干の躊躇いがあった。

そのため、同じ部署に在籍する同期の谷平に相談をしたが、彼自身はコンペの参加を見送るとしながらも、佑花のチャレンジを「いいんじゃない？」と肯定してくれた。

そればかりか「できることは何でも手伝うよ」と申し出てくれ、もうコンセプトが決まっているのか聞かれた佑花は、酒に酔った勢いで自分が作ろうとしているＣＭの内容を絵コンテを見せつつ詳細に説明してしまった。

（今思えば、あれが間違いだった。谷平くんを信頼しきっていたわたしは、自分が考えたアイデアをペラペラ喋って、そして――）

作品のエントリーを終えた数ヵ月後、広告大賞の結果が発表されたが、フィルム部門のファイナリストのひとつとして表彰されたのは谷平の作品だった。

彼がエントリーすると聞いていなかった佑花は驚いたが、何よりもショックだったのは谷平の作品が自分のアイデアを模倣したものだったことだ。

全体の流れや核となるシーンの印象的なカメラアングルは自分が考えたとおりで、佑花は盗作されたのを悟った。

（谷平くん、最初はわたしの作業を手伝ってくれるって言ってたくせに、いざ制作に入ると「ごめん、仕事の案件のほうが忙しくなった」「ディレクターの後藤《ごとう》さん、人使いが荒くて」とか言い訳して、全然協力してくれなかった。たぶん自分の作品を急ピッチで作ってたから、その余裕がなくなったんだ）

広告大賞の公式サイトで公開されていた彼のエントリー作品を見た佑花は、すぐさま谷平に抗議した。

『谷平くんの作品、わたしのアイデアの盗作でしょ。コンセプトもカメラアングルも、前に見せた絵コンテそのままじゃない。どうして……っ』

すると彼は笑い、佑花を見下ろして答えた。

『言いがかりはやめろよ。俺は自分のアイデアを形にして、その結果賞を獲っただけだよ。沢崎が受賞できなかったのは残念だけど、審査員の判断だからしょうがないだろ』

谷平は「それに」と言葉を続け、悪びれずに言った。

『たとえ俺の作品と沢崎のアイデアに似通ったところがあるとしても、全体的に脚色して別物に仕上がってるなら、盗作だと断定するのは難しいんじゃないかな。お前だって撮影や編集をしながら細かい部分を変更していて、当初の絵コンテどおりではないだろ』

『それは……』

『何にせよ、運営は公正な審査をした結果、沢崎じゃなく俺の作品に賞を与えたんだ。これが実力の差なんじゃないか？』

確かに谷平の作品は佑花のアイデアそのものではなく、彼なりにブラッシュアップしてアレンジを加えたものだ。

ちょうどその時期は大学時代の仲間が仕事で忙しく、コンペ作品の制作の手伝いができない状況で、佑花の絵コンテを見た者は誰もいなかった。会社とは関係ない外部のコンペのため、上司に被害を相談することもできない。

つまり客観的に盗作を証明するのは難しいものの、当事者であるこちらは盗まれたことがよくわかっている状態で、やりきれなくなった佑花は結局リベレイトピクチャーズを辞めた。

広告大賞のフィルム部門で入賞したことにより、谷平の会社での評価が格段に上がって、プランナーの中でも頭ひとつ飛び出た存在になったこともストレスに拍車をかけた。

あれ以来、彼とは話をしておらず、二度と関わることはないと思っていた。それなのに谷平が勝手に仲間内の打ち合わせに顔を出し、それればかりかイーサリアルクリエイティブに中途入社してきて、佑花は毎日胃がキリキリしている。

（せめて彼が二年前のことを真摯に謝罪してくれたら、少しは心証が違ったのかもしれない。前みたいに親しくはできないにせよ、自分の中の気持ちを抑えられたのかも）

だが実際の彼はまったく悪びれておらず、「リベレイトピクチャーズでは切磋琢磨してきた仲だった」「こうして再会するなんて、俺たちは運命の赤い糸で繋がってるのかもしれない」などと発言してきて、佑花は神経を逆撫でされた。

過去の盗作事件をまったく反省していない谷平とは、同僚として普通に話すのは難しい。本当は彼の所業を会社の人間に暴露してやりたい気持ちでいっぱいであるものの、証拠がないことを言いふらせば名誉棄損と言われてしまうかもしれず、手をこまねいていた。

（結局、黙っているしかないのかな。二度とアイデアを盗まれないように、字コンテや絵コンテはスキャンして最初のデータを日付け入りで保護してるし、離席するときは必ずパソコンにロックをかけてる。引き出しにも鍵をかけるようにしてるから、谷平くんが何かしようとしても無理だろうけど）

中途採用されたばかりの谷平は半年間は試用期間の身分だが、いずれ正式に雇用される。

そうなればこの先も同じ部署で働くことになり、佑花の憂鬱は募った。もし耐えられなくなれば、また自分が転職せざるを得ないのだろうか——そんな考えが頭をかすめ、気持ちが重くなる。

（何でわたしばっかりこんな目に遭うんだろ。せっかくこの職場で、コツコツ頑張ってきたのに）

ため息をついた佑花は、ポートフォリオのファイルを引き出しにしまって鍵をかける。

そしてパソコンを開きながら、今後のことを考えた。社内コンペには元々エントリーすると決めていたのだから、予定どおり作品を制作する。

谷平には先日の打ち合わせで絵コンテを見られてしまったが、彼に手伝いを頼む気はまったくなかった。実は谷平を連れてきた山口千佳には、先日の打ち合わせのあとにオフレコとして事情を説明している。

リベレイトピクチャーズで働いていたときにアイデアを盗作されたこと、それをきっかけに現在の職場に転職したため、彼とはもう関わりたくないのだと佑花が語ると、彼女は平身低頭で謝ってきた。

『そんな事情があるとは知らず、佑花の許可も得ずに勝手に谷平くんを打ち合わせに連れていったりしてごめんね。たとえ彼が否定したとしても、私は昔から知ってる佑花のほうを信じるよ。水谷と知美にも話をしたほうがいいんじゃない？』

『ううん。明確な証拠があることじゃないから、盗作の件を言いふらすことはわたしにとって不利になるの。彼は都合が悪くなって作品の制作を手伝えないことにするから、谷平くんの知り合いだっていう千佳の友達にも何も言わないでくれる？』

『うん、わかった』

コンペ作品の絵コンテは彼らも一緒に見ているため、谷平が今後どこかの場面でアイデアを盗用するのは難しいだろう。

ならば極力彼を自分の近くに寄せつけず、やるべき仕事をこなす。そうするしかないのだと、佑花は腹を括った。

（谷平くんはわたしに馴れ馴れしい態度を取ってくるけど、この会社ではわたしのほうが先輩なんだから相手にしないでおこう。毅然とした態度を取り続ければ、周りもわたしが彼と馴れ合いたくないんだってことをわかってくれるはず）

そんなふうに結論づけた佑花は、ふと日生の面影を思い浮かべる。

本当は谷平について悩んでいることを相談したかったが、かつてアイデアを盗用した人間にまんまとコンペで負けた話はプライドもあって口にしづらい。ましてや彼と同じ職場になったと言えばきっと心配をかけてしまうため、佑花はどうしたものかと考えあぐねた。

（相談したいのは山々だけど、もうすぐE戦の予選が始まるって言ってたから、奨くんにとって今はすごく大事な時期のはず。だったら余計な話をしないほうがいい）

日生といるときは、嫌なことを忘れて極力楽しく過ごしたい。

そんな思いが強くあり、佑花は谷平について彼に話さないと決めた。だがここ数日彼に会えていないせいでじりじりとした思いが募り、「今夜はなるべく早く帰ろう」と心に決める。

（ご飯を一緒に食べるのは難しくても、ジョギングがてら会うくらいなら何とか時間を取れるかな。最近は走れてなかった分、身体が鈍《なま》ってる感があるし）

それから仕事に集中した佑花は企画書を一本書き上げたあと、プロデューサーから頼まれた小道具を手配するために都内にある撮影用の雑貨レンタルメーカーに向かった。

そこはインテリア家具や生活雑貨、ファブリックやオブジェ、ガーデン用品から自転車、カヌーといった乗り物に至るまで、撮影に使うあらゆる機材をレンタルできるところで、ショールームには膨大な数のサンプルがある。

佑花は絵コンテに添付された資料を元にイメージに合う雑貨を選び、その貸出状況を調べてもらったり、類似する品を出してもらったりしながら必要な数を確保していった。

そして会社に戻り、午後九時にようやく退勤して、ビルの出口に向かいながら日生にメッセージを送る。〝今仕事が終わって、これから帰ります〟〝身体が鈍ってるからジョギングに行くけど、少しの時間でも会えない？〟――そんな文面を送信すると、すぐに既読がついて電話がかかってきた。

佑花はドキリとしながら指を滑らせ、電話に出る。

「もしもし、奨くん？」

『今仕事が終わったって、まだ会社の辺り？』

「うん、そう。赤坂にいる」

『じゃあ、そのまま俺の家に来て』

思いがけない誘いに、佑花はしどろもどろに応える。

「でも奨くん、将棋の研究で忙しいでしょ。わたし、これから帰ったら九時半を過ぎるし、あまり遅くなったら迷惑かなって思って……それで」

『全然迷惑じゃないよ。佑花は残業続きで疲れてるかもしれないけど、俺は会いたい』

押し殺した熱情を感じさせる声でそう告げられ、佑花の頬がじわりと熱を持つ。

こんなふうに言われて、断れるわけがない。了承した佑花は会社の最寄り駅から地下鉄に乗り、途中で電車に乗り換えて笹塚まで向かう。

そして駅の傍にあるタワーマンションのインターホンを押すと、すぐにオートロックが解除された。エレベーターで二十一階に上がるあいだ、にわかに胸がドキドキして、佑花は落ち着かない気持ちを押し殺す。

（奨くんと会わなかったのはほんの数日なのに、何だかすごく緊張する。……奨くんはどうなんだろ）

日生の端整な顔を思い浮かべるだけで、胸の奥がきゅうっとする。

たとえ公にできない秘密の恋愛でも、彼の存在は佑花にとって大きな心の支えになっていた。ここ最近は仕事の忙しさや谷平のことがあったため、もし一人ならストレスでどうにかなっていたかもしれない。

そんなことを考えているうち、エレベーターが二十一階に止まる。開いた扉から廊下を進み、玄関のインターホンを押すと、すぐにドアが開いて日生が顔を出した。

「おかえり、佑花」

「……ただいま」

彼は黒のカットソーにチノパンというラフな服装だが、そのシンプルさがかえって整った容姿を引き立てている。

日生が「上がって」と言い、先に廊下を歩いて中に入っていった。そしてリビングの戸口で振り返り、佑花に問いかけてくる。

「夕食は食べた？　まだならデリバリーで何か頼もうか」

彼の顔を見るとたまらなくなり、佑花は正面から日生の身体に抱きつく。そして清涼感のある香りを胸いっぱいに吸い込んでつぶやいた。

「奨くんに会うの、すごく久しぶりな気がする。実際は四日ぐらいしか経ってないのに」

「最近は佑花の仕事が忙しくて、ジョギングのときも会えなかったからな」

「そうだ、土曜日のハイブランドのパーティーの記事、ネットで見たよ。奨くんのスーツ姿、いつもとは違うドレッシーな感じで恰好よかった」

するとそれを聞いた彼がピクリと身体を震わせ、どこか浮かない感じで応える。

「……ああ」

「有名人とかもかなり来てたみたいだね。奨くんはブランドアンバサダーだから、話しかけられることが多かったんじゃない？」

そんな佑花の問いかけに、日生が説明した。

「連盟理事の平尾九段が同行して、挨拶回りのときに率先して会話をしてくれたんだ。俺はずっと頭の中で将棋を指して、何とかしのいだ」

「奨くんらしいね」

いまだあがり症を克服できていないため、彼は知らない人の前に出る際は〝対局モード〟にならざるを得ないらしい。何となく日生が元気がないような気がして、佑花は彼に問いかけた。

「奨くん、もしかして疲れてる？　いつもとちょっと雰囲気が違う気がするんだけど」

すると日生が眉を上げ、どこかやるせない表情で言った。

「そうだな、……ちょっと疲れてるのかも」

「棋譜並べをしているときとか、すごい集中力だもんね。意識して休んだほうがいいよ」

近いうちに大一番を控えている彼を、これ以上疲れさせるわけにはいかない。

つまり谷平のことを相談するのは、もってのほかということだ。そう結論づけた佑花はあえて明るい表情を作り、笑顔で告げる。

「わたしも残業続きで疲れてたけど、奨くんの顔見たら何だか元気が出てきた。メッセージのやり取りもいいけど、やっぱりこうやって顔を見て話すと全然違うね」

「うん。でも俺は、全然足りない」

そんなことを言いながら日生がこちらの身体を抱き寄せ、肩口に顔を伏せてきて、佑花はドキリとする。彼の身体の大きさや硬さ、ぬくもりを感じて胸がきゅうっとしていると、日生が言葉を続けた。

「ごめん。久しぶりに早く帰れたんだから、佑花を休ませてやるべきだってわかってる。でも、抱きたい」

明日が仕事なのは互いに同じであるものの、触れ合って癒やされたいという気持ちが伝わってきて、佑花の心がじんと震える。

日生の硬い身体を抱きしめた佑花は、面映ゆさをおぼえつつ彼の耳元でささやいた。

「いいよ。……わたしも奨くんに、触れたい」

「ぁ……っ」

薄暗い寝室の中、ベッドの縁に座った彼に後ろから抱きかかえられる形になった佑花は、胸のふくらみを揉みしだかれて喘ぐ。

彼の腕は血管が浮いていて、指が長く手のひらが大きい。その手でふくらみを揉みながら耳朶を食まれ、佑花の体温がじわりと上がった。だがシャワーを浴びていないことがにわかに気になり出し、息を乱して呼びかける。

「し、奨くん……」

「ん？」

「わたし、シャワー浴びたいかも。今日はレンタル雑貨のメーカーに行って歩き回ったから、汗をかいてるし」

すると日生がこちらの髪に鼻先を埋め、事も無げに言う。

「全然気にならないよ。いい匂いがする」

「でも……っ」

ふいに肩口に顔を埋めた彼が首筋をペロリと舐めてきて、佑花は「ひゃっ」と声を上げる。日生がクスリと笑って言った。

「ああ、確かに少ししょっぱいかな。でもこれはこれで興奮する」

「あ……っ」

ベッドに押し倒され、上に覆い被さった彼が首筋にキスをしながら胸に触れてきて、佑花はそれを受け止める。

ブラウスのボタンを外され、ブラのカップを引き下ろされると、ふくらみがあらわになった。先端部分に舌を這わされ、乳暈をぬるぬるとなぞられて、濡れて温かな感触にそこが硬くなっていく。

「は……っ、ぁ……っ……」

日生の整った顔が自身の胸元にあり、ふくらみをつかんで先端を舐めている光景はひどく刺激的で、佑花の官能が高まっていく。

ここ数日会わなかった飢餓《きがかん》感がにわかに強くなって、彼の顔を両手でつかんでささやいた。

「キス、して……」

すると彼が噛みつくように唇を塞いできて、押し入ってきた舌が口腔を蹂躙《じゅうりん》する。

表面を擦り合わせながら絡め、喉奥まで深く探られて、佑花は小さく呻いた。口蓋《こうがい》や舌の付け根を舌先でくすぐられるとゾクゾクした感覚がこみ上げ、目が潤む。

うっすらと瞼《まぶた》を開けた途端、間近で日生と視線が合い、より官能を刺激された。キスを続けながら胸の先端を指で弄《いじ》られ、痛みと紙一重の快感に息が上がる。

「ぁ……っ」

彼の表情にはまったく余裕がなく、瞳の奥には隠しきれない欲情がにじんでいて、それが佑花を安堵させる。

欲しがっているのが自分だけではなく、日生も同じなのだと思うと、身体の奥にじんと熱を灯される気がした。ここ数日我慢してきた欲が急速に高まるのを感じながら、佑花はキスの合間にねだる。

「奨くんも、脱いで……」

彼が上体を起こし、カットソーを頭から脱ぐ。

するとしなやかに引き締まった上半身があらわになり、佑花はそのストイックな身体のラインにうっとりした。すっきりとした首筋や太い鎖骨、広い肩幅と適度に筋肉がついた腕、無駄なところがない腹部に男らしい色気があって、手を伸ばして日生の胸元に触れた佑花は口を開く。

「あのね、わたし、見てみたいものがあって……」

「何？」

「奨くんが、自分でしてるところを見てみたいの。……駄目？」

その提案は予想外だったのか、言葉に詰まった彼がかあっと頬を赤らめる。

久しぶりに見るその顔は佑花の中の庇護欲《ひごよく》をそそり、もっと乱れさせたくてたまらなくなった。

ドキドキしながら返答を待っていると、しばし逡巡していた日生が答える。

「——わかった」

彼がチノパンの前をくつろげ、既に兆した昂りを取り出す。

丸みのある亀頭や太い血管を浮き上がらせた太い幹が雄々しく、体格にふさわしい大きさがあって、天を向いて勃ち上がっていた。

日生が幹の部分を握り、ゆっくりとしごき始めて、佑花はその様子に釘付けになる。

「……は……っ……」

手で刺激するうちに屹立は太さを増していき、いかにも硬そうに張り詰めていくのがわかる。

彼のゴツゴツとした手が亀頭を絞り出すように動いているのが卑猥《ひわい》で、目が離せない。やがて鈴口から透明な先走りの体液がにじみ出し、それを見つめる佑花はゴクリと生唾をのみ込んだ。

(すごい……今まで口でしたことがあるし、これがいつもわたしの中に挿入《はい》ってるんだけど、奨くんが自分で握ってるのを見るとすごく大きく感じる)

日生の顔を見ると、彼は羞恥と興奮が入り混じった表情をしていて、ときおり色めいた吐息を漏らしていた。

端整な顔立ちの日生が欲情もあらわに自身をしごく姿は煽情的で、それを見つめる佑花の脚の間がじんわりと熱くなっていく。剛直が弾ける瞬間が見たくてたまらず、高鳴る胸の鼓動を感じながら、彼に問いかけた。

「もう、達きそう……？」

「それも見たいの？」

「う、うん」

恥ずかしさをおぼえながら頷くと、日生が自慰の手を止めないまま吐息交じりの声で言う。

「じゃあ、佑花の胸に掛けていい？」

「えっ……」

「上、脱いで」

彼の声音には逆らえない響きがあり、佑花は自身のブラウスとブラを脱いでベッドの下に落とす。

そして気恥ずかしさを感じつつ「これでいい？」と問いかけると、日生が屹立をしごく動きを激しくした。それは想像以上に力強く、先走りの液がぬちゅぬちゅと音を立てるのが淫らで、佑花は呑まれたように剛直を見つめる。

やがて彼がぐっと息を詰め、昂りの先端をこちらの胸に向けて射精した。

「……っ」

白濁した体液が勢いよく佑花の乳房に掛けられ、トロリと滴って流れていく。

それはひどく淫靡な光景で、二度、三度と吐き出した日生は大きく息をついて腕を伸ばすと、佑花の顔に飛んだ精液を親指で拭ってそれを口の中に入れてきた。

「ん……っ」

何ともいえない苦味を舌に感じたものの、佑花は彼の指を従順に舐める。

ようやく指が口から出ていってホッとしたのも束の間、胸に掛けた精液をぬるぬると塗り広げられ、顔が赤らんだ。ぬめる体液を纏った指で胸の先端を弄られ、そこが痛いほどにしこっていく。

日生がこちらの身体を押し倒し、胸の尖《とが》りを刺激しながら首筋に顔を埋めてささやいた。

「佑花のお願いを聞いたんだから、ここからは俺が好きにするよ」

「んぁっ！」

じゅるっと音を立てて首筋を吸われ、温かい舌の感触に佑花の肌が粟立つ。

日生の手がスカートをまくり上げ、下着のクロッチ部分を横にどけると、蜜口から二本の指を押し込んできた。

「うぅ……っ」

「わかる？　奥まで指が二本入ってるの。こんなに中をぬるつかせて、いやらしくて可愛い」

彼の指が根元まで埋まっているのが恥ずかしく、佑花は脚を閉じようとする。しかしそれを押し留め、日生が言った。

「閉じちゃ駄目だよ。俺の指が入ってるところ、ちゃんと見せて」

「あっ、あっ」

二本の指でピストンされ、そのたびにぐちゅぐちゅと粘度のある水音が響いて、佑花は羞恥で真っ赤になる。

硬い指で穿《うが》たれた中がビクビクとわななき、締めつける動きを止めることができない。せめて脚を閉じたいのに大きく開かされ、痴態をつぶさに観察されて、頭が煮えそうになっていた。

「うっ、ぁ、奨くん……っ」

「はっ、やらしい……こっちも一緒にしようか」

「やぁっ……！」

残った腕で上半身を抱きすくめ、精液が掛かっていないほうの胸の先をちゅっと音を立てて吸われて、佑花の内部がビクリと震える。

二箇所を同時に攻められるのは刺激が強く、身体が逃げを打つものの、身動きが取れない。敏感な胸の先端を強く吸い上げながら指で体内を穿たれ、隘路を掻き回されると一気に快感のボルテージが上がった。

指先で子宮口をぐっと押された瞬間、一気に快楽が弾けて、佑花は背をしならせて達していた。

「あっ……！」

隘路が指をきつく食い締め、内襞がうねるように絡みつく。絶頂の余韻にわななく中でゆるゆると指を行き来させた日生が、胸から唇を離して問いかけてきた。

「もう挿れていい？　それとも口でもう一回達く？」

愛液で濡れそぼった秘所を舐めたいと言外に示唆され、佑花は息を乱しつつ答える。

「……挿れて……」

すると蜜口から指を引き抜いた彼が、ベッドサイドの棚に腕を伸ばし、引き出しから避妊具を取り出す。

日生がパッケージを破って自身に薄い膜を装着する様子を、佑花はベッドに横たわったまま見守った。先ほど一度達したはずの彼は既に隆々と兆しており、自分の恥ずかしい姿を見てそうなったのだと思うと、何ともいえない気持ちになる。

身体をうつ伏せにして腰を高く上げさせられ、尻の狭間に硬い屹立が当たった。亀頭が蜜口にめり込み、隘路を拡げながら中に入ってきて、佑花は圧迫感に声を上げる。

「んぁ……っ、はっ……ぁ……っ」

「……っ、きつい……奥まで挿れていい？」

「きて……っ……早く……っ」

身体の奥深くで日生を感じたくてたまらず、佑花が上擦った声で答えながら腰をより高く上げると、彼が最奥まで剛直を埋めてくる。

太さのある楔をずんと深く埋め込まれ、佑花は感じ入った声を漏らした。

「はぁっ……」

「動くよ」

中が馴染まないうちに律動を開始され、入り口と内壁に引き攣れるような抵抗をおぼえる。

しかしにじみ出した愛液ですぐに動きがスムーズになり、腰を打ちつけられるたびに淫らな水音が聞こえるようになった。

(あ、すごい、深い……っ)

後ろからする姿勢は正面で抱き合うよりも深く屹立が入り込み、切っ先がたやすく最奥に到達する。

グリッと抉られると怖いくらいの感覚がこみ上げ、佑花は手元のシーツを強くつかんで甘い声を上げた。ゾクゾクと快感が背すじを駆け上がり、中を締めつける動きが止まらない。その動きが心地いいのか、日生がますます激しく穿ちながらつぶやいた。

「中、ビクビクしてすごく締まる……気持ちいい?」

「ぁっ……気持ちいい……」

「じゃあもっと、激しくしていいかな」

後ろから覆い被さり、身体を密着させながら何度も腰を打ちつけられて、佑花は高い声を上げる。

彼の手つきにも粗野なところはないものの、抱きすくめる動きからまるでこちらに縋るような印象を受けて、それにふと戸惑いをおぼえた。

(奨くん、やっぱりちょっと疲れてる？　いつもならわたしが残業続きだって知ったら「ちゃんと休んだほうがいいよ」って言いそうなのに自宅に呼びつけたし、何だか普段より激しいし)

もしかしてプライベートで、トラブルでもあったのだろうか。

そんな考えが頭をかすめたが、律動の激しさに思考がままならなくなる。質量のある肉杭に深いところを突き上げられ、内臓がせり上がるような圧迫感をおぼえつつシーツをつかんだ佑花は、切れ切れに声を上げた。

「はぁっ……奨くん……」

「佑花、こっち向いて」

日生の手が後ろからこちらの頤《おとがい》を上げ、唇を塞がれる。

首を伸ばす姿勢で舌を絡められると苦しく、彼を受け入れた隘路が不規則にわなないて、そのまま奥を突き上げられた佑花はくぐもった声を上げて達した。

「ん――……っ……」

脳天まで突き抜けるような鮮烈な快感に、眼裏に火花が散る。

唇を離され、ぐったりと脱力した佑花は身体を仰向けにさせられた。その上に覆い被さった日生が、こちらの片方の脚を肩に掛けて深く腰を入れてくる。

「あ……っ」

硬い楔を深々と埋められ、佑花は涙で潤んだ目で彼を見上げる。

日生は端整な顔に汗をにじませ、まったく余裕のない表情をしていて、普段は見せない雄の顔に胸がきゅうっとした。こんな彼は他の誰も知らないと思うとたまらなくなり、佑花は腕を伸ばして日生の首を引き寄せる。そして強く抱きつき、想いを込めてささやいた。

「好き、……奨くん」

「…………」

「どんなやり方をしてもいいよ。奨くんのすることなら……全部受け入れるから」

すると彼がかすかに息をのみ、押し殺した声でつぶやく。

「君は……」

途中で言葉を途切れさせた日生がぐっと奥を突き上げてきて、佑花は「あっ」と声を上げる。

上から覆い被さる形で律動を激しくされ、その動きに翻弄された。目の前の彼の身体にしがみつくと汗でぬるりと滑り、佑花は必死で力を込める。

「ぁっ……ん……っ、奨くん……」

「佑花……」

やがて日生が息を詰め、最奥で射精する。

薄い膜越しでも熱い飛沫《ひまつ》が放たれたのがわかり、佑花は息を乱しながら屹立を締めつけた。大きく充足の息をついた彼がズルリと楔を引き抜き、後始末をする。

そして再び口づけてきたものの、それは行為の余韻を味わうものではなく官能を高めるもので、達したはずなのに硬度を失っていないものを押しつけられた佑花はキスの合間に声をかけた。

「し、奨くん？　あの……」

「ごめん。疲れてるのに悪いけど、もう一回抱きたい」

汗ばんだ首筋に唇を這わせながらそんなふうに言われ、佑花は返す言葉に詰まる。日生はこちらの肌をチロリと舐め、官能的な眼差しでささやいた。

「──どんなやり方でも、受け入れてくれるんだろ？」

第六章

夏に差しかかろうというこの時季は夜明けが早く、朝四時には空が白み始める。

ぼんやりと目を覚ました日生は、薄明るい部屋の中で「今は何時だろう」と考えた。ここしばらく眠りが浅く、なかなか寝つけなかったり逆に早朝に目が覚めてしまう日が続き、疲労が重く蓄積している。

今はひときわ身体が怠《だる》く感じて、気持ちが滅入った。わずかに身じろぎした日生は傍に横たわっているぬくもりに気づき、その理由を悟る。

（ああ、そうか。昨夜……）

――仕事が終わったあとの佑花を自宅に呼び寄せ、彼女を抱いた。

先週末から佑花は残業続きで日生とは四日ほど会っておらず、昨日はたまたま早く上がれたらしい。本来なら疲れているであろう彼女の身体を気遣い、日生は「ゆっくり休んで」と言うべきだったのだろう。

しかし精神的に煮詰まっていた日生は、佑花を自宅に呼んでしまった。顔を見ると歯止めが利かず、結局三度も抱いて一体いつ眠ったのか覚えていない。

(馬鹿か、俺は。自分の勝手な都合で、今日も仕事に行かなきゃいけない佑花を疲れさせるなんて)

ベッドに身体を起こした日生は、乱れた髪を掻き上げて深くため息をつく。

胸に渦巻くのは、彼女への罪悪感だった。残業続きで疲れていた佑花を三度も抱くなど、身勝手極まりない。恋人であるという立場を振りかざして彼女の気持ちにつけ込んだと言われても仕方なく、自己嫌悪が募る。

(いつも朝八時に家を出るはずだから、ギリギリまで寝かせてあげるべきかな。でも一度帰って着替えたいかもしれないし、もっと早く起こすべきか?)

隣を見ると佑花が穏やかな寝息を立てており、腕を伸ばした日生は彼女の顔に乱れ掛かる髪をそっと払ってやる。

タオルケットから出ている肩は細く、しどけない姿を見ると庇護欲が募った。しかし昨夜は乱暴にこそしなかったものの、普段より自分本位に触れた自覚があり、日生は忸怩たる思いを噛みしめる。

こうして精神的に参ってしまった理由は、わかっている。先週の土曜日、ハイブランドのレセプションパーティーで仲嶋史乃に再会したからだ。

彼女との因縁は、七年前に遡る。日生は高校を卒業後、大学に進学せずにプロ棋士として活動することを選んだが、二十歳のときに知人から仲嶋沙英子という女性を紹介された。

同い年の彼女はT大に通う才女で、物理学を研究しており、「頭がいい者同士なら気が合うんじゃないか」という知人のお節介から引き合わせられたが、ざっくばらんな性格の沙英子は日生があがり症だと知っても気にせず、何となく交際がスタートした。

彼女は誰もが認める美人であるにもかかわらず、同年代の女性とは違ってファッションや遊びにまったく興味がなく、大学で実験や論文の執筆に没頭する生粋の研究者だった。棋士として将棋に打ち込んでいた日生とは精神的に似通ったところがあり、互いに忙しかったために週に一、二度しか会わなかったものの、それなりに仲よくやっていたと思う。

そんな沙英子の双子の妹が、史乃だった。一卵性双生児の二人は顔立ちこそそっくりだが内面は正反対で、史乃は学業にまったく興味がなく、流行りのファッションに身を包んでクラブで遊び歩く享楽的な性格の持ち主だった。

雑誌のモデルをしていた彼女は、自分と違って外見を飾ることに興味がない姉を見下しており、姉妹の仲はよくなかったらしい。というより、史乃は何かと姉に突っかかっていたが、沙英子のほうはまったく相手にしていなかったというほうが正しい。

（たぶん史乃は優秀な姉にコンプレックスを抱いていて、何かと張り合っていたんだろう。だか

らこそ、沙英子の交際相手である俺にちょっかいをかけてきた）

史乃は姉の交際相手がプロ棋士の日生であるのを知ると、積極的にアプローチしてきた。

「沙英子はマイペースで研究優先だし、身なりに構わない人だからつまらないでしょ」「同じ顔なら、きれいに着飾ってる私のほうが魅力的じゃない？」――そんな言葉で誘惑してきた彼女は、あがり症の日生が真っ赤になるのを見た途端、対局中の顔とのギャップに目を丸くしていた。

そして「情けない」「いい歳して話すだけで顔が赤くなるなんて、男として恥ずかしくないの」とこちらの心を抉るようなことを言い、後日沙英子に叱責されると不貞腐《ふてくさ》れた様子で接触してこなくなった。

やがて沙英子と交際して二年が経ち、彼女がアメリカの大学院への進学を決めて、物理的な距離ができるのを理由に日生とは別れることになった。

普通のカップルに比べて格段にドライな関係だったのに加え、沙英子の「向こうの大学での勉強に集中したい」という言葉に納得したためで、その決断は今も正しかったと思っている。

問題は、そのあとだ。沙英子と円満に別れて彼女が渡米した直後、史乃がやって来て、「沙英子がいなくなって、寂しくない？」と問いかけてきた。

『沙英子みたいに勉強にしか興味のない女より、社交的な私のほうがあなたを愉しませてあげられると思うの』

『ねえ、私たちつきあいましょうよ』

どうやら彼女は姉の交際相手である日生の動向を逐一チェックしていたようで、順調に段位を上げていたことやタイトル戦の本戦出場、メディアに〝イケメン棋士〟といわれて注目されていたことや経済力などから、将来有望だと目をつけていたらしい。

日生は史乃に興味はなく、その告白を断ったものの、彼女はまったくめげずしつこく纏わりついてきた。マンションに勝手に入ってきたときは驚き、「なぜうちの鍵を持っているのか」と問い質《ただ》したところ、史乃は沙英子と同居していたときに彼女の部屋を漁《あさ》り、日生の自宅の鍵を勝手に複製していたらしい。

邪魔な姉がいなくなったのを幸いと、史乃はまるで日生の彼女であるかのように振る舞うようになった。将棋の会館の外で待ち伏せし、人目につくところで腕を組んだり身体を密着させる。日生が拒否してもまったく意に介していなかったが、あがり症で話をするたびに顔を赤らめてしまうのを見た彼女は、やがて嗜虐心《しぎゃくしん》を刺激されたようだ。

『そんなふうに顔を真っ赤にして「もう来るな」って言われたって、全然怖くないんだけど』

『奨みたいに気が弱い男には、私みたいなはっきりしたタイプのほうが合ってるのよ』

次第に強い口調で責め立てられるようになり、日生は精神的苦痛をおぼえるようになった。マンションに侵入された直後には鍵を付け替えたり、極力史乃の言葉に耳を貸さないようにして自衛していたが、彼女の執着は凄《すさ》まじく、日生が重要な対局を控えていてもお構いなしに押しかけてくる。

自宅に入れるよう要求し、断れば三十分以上もインターホンを鳴らされたり、ドアを叩かれたりして、やがてノイローゼのようになってしまった。

警察に相談しても「男女間のことは、なるべく話し合いで解決して」と言われてしまい、役に立たない。そうするうち、集中力を欠いた日生は対局に集中できなくなり、負けが続くようになった。

当時六段でB級二組に在籍していた日生は敗戦続きでC級一組に陥落してしまい、それまで順調に順位を上げていただけにメディアに驚きを持って受け止められた。

どれだけ将棋を研究しても勝てず、スランプになった日生は、精神的にどん底に陥った。そんな状況の中、傷口に塩を塗るかのように辛辣な言葉を投げつけてきたのが、彼女気取りで振る舞っていた史乃だった。

「また負けたの?」「そういうの、困るんだけど」というのは序の口で、「私のために勝とうとか思わないの?」「成績の悪い奨なんて必要ないんだよ」と言われたときは怒りよりも情けなさを感じ、何も言い返せなかった。

(あのときはモラハラめいた史乃の言葉に毎日心を抉られて、半ば鬱になってた。この先も彼女

に纏わりつかれていびられ続けるなら、いっそ死んでしまいたいと思うくらいに)

日生にとって僥倖《ぎょうこう》だったのは、彼女がこちらに見切りをつけ、姿を現さなくなったことだ。

どうやら史乃は当時勢いがあったスタートアップ企業の若社長と交際を始めており、こちらと天秤にかけた結果、将棋で勝てなくなった日生を切り捨てたらしい。

彼女からの嫌がらせともいえる付き纏いがなくなり、日生は少しずつ調子を取り戻したものの、完全にスランプを脱するまでに三年の月日を要した。Rランキング戦三組で優勝したのを皮切りに、怒濤《どとう》の勢いで昇級と昇段を重ね、メディアから前以上に注目されるようになって、ようやく完全復調を果たした。

だがパーティーで四年ぶりに史乃と再会したことで、日生の中で過去のトラウマがよみがえっている。彼女から投げつけられた辛辣な言葉、毎日気が休まることのない付き纏いは心に深い傷をつけていて、不眠という形で心身に影響が出ていた。

(史乃のことは、もうとっくに過去のことになったと思っていた。二度と俺の前に現れないと考えていたのに、あんな形で再会するなんて)

日生にとってもっとも腹立たしいのは、史乃が過去に自分たちがつきあっていたかのように発言していたことだ。

そんな事実は一切なく、彼女にどれだけ迫られても日生は一貫して拒否していた。それなのに

「私がいなくなって寂しかったんでしょ」「今の奨は実力も人気も申し分なくて、私にふさわしい人間になった」などと言われ、腸《はらわた》が煮えくり返るほどの怒りをおぼえている。

（わざわざ俺が来ると知ってあのパーティーに来たってことは、前につきあってたスタートアップ企業の社長とは破局したのかな。それでまた、俺をターゲットにしようとしている）

四年前のように付き纏われるかもしれないと考えると、心底ゾッとする。

史乃に対しては嫌悪しかなく、この先も好きになる可能性は一〇〇パーセントない。だが既に自宅を特定されており、日生は危機感をおぼえていた。

だからだろうか。佑花が早く帰れると知った途端、日生は彼女を自宅に呼び寄せていた。精神的に不安定であるのを雰囲気で察したのか、佑花は行為の最中に「どんなやり方をしても全部受け入れるから」という主旨の発言をしてきて、それを聞いた瞬間、箍《たが》が外れた日生は結局三度も彼女を抱いてしまった。

だが冷静になった今、自分の身勝手な振る舞いを思い返し、罪悪感に苛《さいな》まれている。

（史乃に関しては俺の問題で、佑花には何の関係もないんだから、迷惑をかけるのは間違っている。だったら彼女を心配させないよう、不眠やストレスをなるべく顔に出さないようにしないと）

目を伏せた日生は、ふと「佑花と交際している事実が、もし史乃にばれてしまったら」と思いを巡らせる。

狙った獲物に強く執着する性格の彼女は、きっと佑花を目の敵《かたき》にするに違いない。日生を奪い取ろうと躍起になり、彼女に攻撃的な態度を取ることも充分考えられる。

（そんなのは駄目だ。佑花に被害が及ぶのは、何としても防がないと）

ならばどうするか。

史乃に佑花の存在を悟られないためには、彼女を遠ざけるしかない。このマンションで会うことはもちろん、もし夜のジョギングで言葉を交わす姿を見られたら、日生の態度から「この女は特別なのだ」ということがわかってしまうからだ。

（とはいえ、ただ逃げ回っていても何の解決にもならない。史乃を確実に遠ざけるための方法を考えないと）

史乃の顔を思い浮かべるだけで胃がぎゅっと引き絞られ、強いストレスを感じる。

たとえこのマンションから引っ越しても、会館から後をつけられれば住まいがたやすく知られてしまうのが厄介だ。生来のモラハラ気質で物事を自分に都合よく変換する性格の史乃は、生半可なやり方では引かない。

以前のように日生の成績が低迷して利用価値が薄れたり、他にいい乗り換え先があれば別だが、そんなに都合よくはいかないだろう。

グルグルと思い悩んでいるうちに、窓の外はだいぶ明るくなっていた。時刻は午後六時を指していて、ベッドで深く眠っていた佑花が身じろぎする。うっすらと目を開けた彼女に、日生は声をかけた。

「おはよう、佑花」

「……おはよう……」

「今、朝の六時になったところだけど、今日は仕事だろ。一度家に帰る？」

するとぼんやりしていた佑花がみるみる覚醒し、タオルケットで身体を隠しながらベッドに起き上がる。

「出勤する前に自宅に寄って、服を着替えないと。今日は朝からミーティングがあるから、準備のためにいつもより早く出なきゃいけないの」

それを聞いた日生は申し訳なさをおぼえつつ、彼女に提案する。

「まずはシャワーを浴びてきたら？　俺がタクシーを呼んでおくから」

「そんな、一駅しか離れてないのにタクシーに乗るなんて贅沢だよ。電車で帰るから心配しないで」

「俺が佑花を呼びつけて強引に泊まらせたんだから、それくらいのことはさせてよ」

佑花がバスルームに向かい、日生はマンションのコンシェルジュサービスに電話をかけて、タクシーを一台手配してくれるように要請する。

髪を乾かした彼女が二十分ほどで出てきて、バッグを手に取って言った。

「ごめん、何だかバタバタしちゃって。メイクは自宅でするから、もう行くね」

「いや。タクシーはマンションの前にもう来てるって」

日生は「佑花」と呼びかけ、振り向いた彼女に向かって謝罪する。

「昨夜は疲れてるのに仕事帰りに呼んでしまって、本当にごめん。しかもさんざん疲れさせるようなことをして、反省してる」

「謝らなくていいよ。わたしも奨くんに会いたかったから」

佑花の笑顔に救われる気持ちになりつつ、日生は言葉を続けた。

「悪いけど、タクシーのところまでは見送りに行けないんだ。人目が気になって」

「うん、気にしないで。外はもう明るいから仕方ないよね、歩いてる人に見られるかもしれないし」

本当は彼女の存在を隠さず、堂々と振る舞いたい。

だがマスコミや一般人、そして史乃の目が気になって、とにかく自分と佑花の繋がりを悟られたくない気持ちでいっぱいだった。

日生は彼女の腕をつかんで身体を引き寄せ、強く抱きしめる。そして想いを込めてささやいた。

「――好きだ。何もかも放り出して、一緒にいたいくらいに」

「わたしも奨くんが好きだよ。でも仕事を投げ出すのはよくないし、責任もあるんだから、お互いに頑張ろう。ね？」

こちらの身体を抱き返しながら佑花がそう答えてきて、日生は苦笑して腕の力を緩める。

「そうだな。……変なこと言って、ごめん」

「奨くん、やっぱり疲れてる？　何か悩みがあるなら相談に乗るよ」

心配そうにこちらを見上げる彼女と目が合い、日生は改めて「自分の問題に、佑花を巻き込んではいけない」と考える。そして精一杯いつもどおりの表情で微笑み、抱きしめる腕を解いた。

「次の対局のことを考えて、ちょっと煮詰まってたみたいだ。でも大丈夫だから」

「……そう」

「ほら、タクシーが待ってるから、もう行かないと」

頷いた佑花が玄関に向かい、靴を履いてこちらを振り返ると、「じゃあ」と言う。日生は頷いて応えた。

「うん。――気をつけて」

目の前で閉まるドアを見つめた日生は、しばらく玄関に立ち尽くす。

史乃との再会は、新しい恋愛に浮き立っていた心に冷や水を浴びせた。だが、かつてのように彼女に生活を乱されるのは真っ平だ。以前とは違い、今の自分には佑花という大切な存在がいるのだから、史乃の問題は何としても片づけなければならない。

玄関の鍵をかけた日生は、シャワーを浴びるべくバスルームに向かう。そして熱めの湯を浴びつつ、重苦しい思いをじっと押し殺した。

＊＊＊

ＣＭ制作の目的は広範囲に亘るブランドの周知や新商品の紹介などさまざまだが、重要なのは〝誰に伝えたいのか〟というターゲットの設定と、〝映像で何を見せたいのか〟という目的を明確にすることだ。

予算によって使用する素材や表現方法も異なり、それによって撮影や制作期間も幅がある。企画書を作成する際はそうしたことを加味しなければならず、すべてを総合的に見るバランス感覚が必要になる。

先週提出した企画書を上長である外塚から戻された佑花は、自分の席でそれを眺めてため息をついた。

（五本提出したうち、Ｂ評価が一本、Ｃ評価が二本で、一本はＤか。……厳しいな）

日常業務が立て込んでくると企画書の細部が雑になってしまいがちだが、外塚は一読しただけでそれがわかっているのだろう。

評価は厳しいものの、プロデューサーは実際に多忙な中でアイデアを練り、それをクライアントの前でプレゼンしてＯＫをもらっている。つまり忙しいのは何の言い訳にもならず、そんな中でも趣旨に沿ったアイデアを出して練り上げるのがプロの条件のため、佑花は気持ちを引き締めた。

（もっとひとつひとつの企画書の精度を上げていかないと。そうじゃなきゃ、いつまでもプロデューサーにはなれない）

そう思いつつもいまいち集中できないのは、いくつかの問題が引っかかっているからだ。

前の職場で同僚だった谷平が転職してきて二週間が経つが、佑花は彼の行動に振り回されていた。社交的な彼はあっという間に職場に馴染み、先輩社員の打ち合わせの同行を自ら申し出たり、企画書を精力的に書き上げて提出したりとやる気を見せている。

だがその一方で、佑花との親しさを過剰に周囲にアピールしているのが気になっていた。確かに中途採用で入社した彼がより早く新しい職場に馴染むには、旧知の仲である佑花を取っ掛かりにするのが一番スムーズなのかもしれない。

だが問題は、そのやり方だ。谷平は「俺と沢崎は親友で、前の職場でコンビみたいに仕事をしてたんですよ」「あいつ、こういうことがあって」と事あるごとに佑花の話をし、他の社員たちに「仲がいいんだね」と言われると、笑顔でこう答えていた。

『俺としては、親友以上の関係になってもいいと思ってるんです。ここが職場恋愛が禁止じゃないのであれば、応援してもらえませんか？』

彼がそんな発言をしていると人伝《ひとづて》に聞いた佑花は、一気に頭に血が上った。

必死で「自分と谷平は、そんな関係ではない」「何より職場にそんな話を持ち込みたくはないから、彼の話を本気にしないでほしい」と訴えたものの、本気の拒絶だと受け止めてもらえているかどうかはわからない。

そのため、ここ最近の佑花はオフィスでいつもピリピリしていた。

（わたしが必死に否定しているのを「照れ隠しだ」って言ってるの、許せない。谷平くんに抗議しても、「わかった、わかった」って軽く流されて終わるし、どうしたらいいんだろう）

自分には日生というれっきとした彼氏がおり、他の人間とつきあっているという噂を流されるのは、たとえ彼の耳に入らなくても不快だ。

しかもそれがよりによって過去に自分のアイデアを盗作した人間であるという事実は、佑花にとって耐えがたい苦痛だった。

もし今後も谷平による発言が治まらない場合は、外塚に相談するべきだろうか。だが彼が「ただの冗談のつもりだった」と言い訳すれば軽い注意程度で済んでしまうかもしれず、むしろ行動を起こすことのほうに躊躇いがこみ上げる。

ふいにデスクの上に置いた卓上カレンダーに目がいき、佑花は表情を曇らせた。日生と会わなくなって、既に十日余りが経つ。彼と最後に一緒に過ごしたのは先月の月末近くで、残業続きの中でたまたま早く帰れた日だった。

思えばあの日の日生は、少し様子がおかしかった。いつもの彼なら連日帰宅が遅い佑花を気遣うはずだが、自宅まで呼び寄せて朝まで帰してくれなかっただけではなく、どことなく疲れた様子だったのが気にかかる。

翌朝も出勤しなければならない佑花のためにタクシーを呼んでくれたものの、「人目につくかもしれないから」という理由で見送りをしなかったのも、今思うとおかしい。普段はどんなときでもタクシーに乗り込むところまで寄り添い、窓越しに手を振っていたからだ。

何より違和感をおぼえるのは、あれから日生が会ってくれなくなったことだった。佑花の仕事が忙しかったのが一段落つき、「今日は午後七時に上がれるよ」とメッセージを送ってもなかなか既読がつかず、一時間ほどしてから「今日は人と会うから、帰宅が遅くなる」という返信がくる。

他の日も「打ち合わせがある」「勉強会が長引いている」という言い訳が続き、極めつきは「棋譜の勉強に集中したいから、しばらく会えない」というメッセージがきて、佑花はひどく動揺していた。

（わたし、奨くんに何かした？　やっぱり前回、「自分でしてるところを見せてほしい」ってお

願いしたのがまずかったのかな)

もしこちらの言動があのときの日生に過剰な羞恥を与え、彼がこちらを痴女だと思って呆《あき》れていたら――そんな想像をし、佑花はひどく落ち着かない気持ちになる。

謝りたい気持ちでいっぱいになり、何度もメッセージにその旨を書こうとしたものの、いざ送る段階になると勇気が出ない。だが日生は明らかにこちらと会うのを避けていて、その理由がわからず、やきもきしている。

(でも大事な対局だって言ってたのは昨日で、奨くんが勝ったみたいだから、そろそろ「会いたい」って送ってみてもいいかな。どうせ謝るなら、メッセージじゃなくて顔を見て謝りたい)

もし彼が許してくれるなら、もう二度とあんなお願いをするつもりはない。

日生の男としてのプライドを傷つけないよう、今後は言動に気をつけようと心に決めた佑花は、思いきって昼休みにメッセージを送る。

するとすぐに返信がきて、そこには〝来週の木曜から、K戦の挑戦者決定トーナメントが始まる〟〝対戦相手の研究に時間をかけたい　本当にごめん〟と書かれており、佑花はスマートフォンのディスプレイを見つめてぐっと唇を引き結んだ。

(こんな返信をしてくるだなんて、やっぱり奨くんはわたしを避けてる。本音ではもう別れたいと思ってて、だから距離を置いてるってこと……?)

前回会ったとき、慌ただしく帰ろうとする佑花を抱きしめた日生は、「何もかも放り出して、一緒にいたいくらいに好きだ」と発言していた。

彼の言葉には嘘を言っているような響きはなく、眼差しは真摯で、抱きしめる腕の強さからは心からそう思っているのが伝わってきた。だがその翌日から会ってくれなくなり、佑花はその意味を考える。

もしかしたら日生は時間が経つにつれ、佑花とは合わないと感じたのかもしれない。あの日は最初からどことなく様子がおかしかったため、ひょっとするとその前から交際の継続について悩んでいたとも考えられる。

(確かに奨くんはメディアにも注目されるすごい棋士で、あの容姿なんだから、凡人のわたしは釣り合わない。でも向こうから一生懸命に告白してくれて、すごくうれしかったのに)

心臓がドクドクと音を立て、胃がぎゅっと引き絞られる。

今すぐ彼に会って、真意を確かめたい。しかし仕事中の今はそれが無理なのはわかっており、佑花は「だったら夜はどうだろう」と考える。

(奨くんに、少しでいいから時間を取ってもらえるようにメッセージを送ってみようかな。でも「対戦相手の研究に時間をかけたい」って言ってるのにしつこくしたら、やっぱり迷惑……?)

日生の職業は普通とは違い、綿密な研究と強い精神力が求められるものだ。

そんな彼が「集中したい」と言っているのにもかかわらず、しつこくコンタクトを取ろうとするのは、こちらの我儘《わがまま》でしかない。

ここにきて、佑花は日生との隔たりを嫌というほど感じていた。これまでは対局中とは違う彼の素朴な一面を知り、親近感を抱いていたが、本来の日生は才気溢れるプロ棋士で、ＣＭや広告にも数多く出演している雲の上の存在だ。

そんな彼とつきあえることになって、自分は何か勘違いしていたのかもしれない。この先ずっと一緒にいられると考えるのはおこがましいのに、自分たちの関係をまるで普通の男女交際のように捉え、冷静に状況を見られていなかったのではないか。

そんな卑屈な考えが頭をよぎり、佑花は唇を引き結ぶ。

（もう、やめやめ。仕事中にこんなことを考えれば、注意力が散漫になる。一度冷静になろう）

トイレで化粧を直した佑花は、昼休みが終わる五分前にオフィスに向かう。すると先輩プランナーの山本《やまもと》が、声をかけてきた。

「沢崎、今日の夜って暇？」

「どうしたんですか？」

「浅野《あさの》や小林《こばやし》と一緒に飲みに行くことになったんだけど、沢崎もどうかと思って」

二年先輩の彼女とは月に一度くらいの頻度で飲みに行く仲で、浅野と小林も同じ課の先輩プランナーだ。それを聞いた佑花は、頭の隅で考える。

(奨くんと話がしたかったけど、あんなメッセージがきたあとに自宅に押しかけたりしたら、きっと迷惑だよね。だったら家にいても気が滅入るし、山本さんと飲みに行ったほうがいい気分転換になるかも)

そう結論づけた佑花は、山本を見つめて答えた。

「いいですよ。行きましょう」

「じゃあ終わる時間の目途がついたら、メッセージ送るね」

「わかりました」


軽い気持ちで山本の誘いを了承した佑花だったが、数時間後にそれを後悔することになる。

指定された六本木のイタリアンバルで、同じ時間に退勤できた浅野と一緒に残りのメンバーを待っていた佑花だったが、そこに現れたのは山本と小林、そして谷平だった。

「お疲れー、沢崎、浅野」

「山本さん、今日のメンバーは浅野さんと小林さん、それにわたしだったんじゃ」

そんな佑花の言葉を聞いた彼女が、笑顔で答える。

「谷平くんも同じプランナーなんだし、親睦を深めるためにいいかなって思って。喉渇いちゃった、飲み物注文しようよ」

山本がドリンクメニューを手に取る傍ら、こちらと目が合った谷平がニッコリ笑いかけてきて、佑花は咄嗟に目をそらす。

彼がこの場に来るのは、まったくの予想外だった。だが先日、コンペ作品制作の打ち合わせの際にもこうして飛び入り参加したのを思い出し、忸怩たる思いを噛みしめる。

(やられた。これが谷平くんの常套手段なのに、すっかり油断してた)

面倒なことにならないために、何か理由をつけて帰るべきだろうか。

そんなふうに考えるこちらをよそに、一同は飲み物をオーダーしたあと、フードメニューを見てあれこれと盛り上がっていた。やがてカポナータやメカジキのタルタルのバゲット添え、ラム肉のロースト、オレンジとルッコラのサラダなどがテーブルに並び、それぞれ酒を手に仕事の話をする。

「市川さんがディレクションを担当するD社の案件、撮影地はニュージーランドなんでしょ。浅野、同行できるのうらやましい」

「でもグローバル事業部がロケ地のコーディネートや広告案件を担当してくれるんだけど、結構自分の力不足を感じる場面があってきついよ。何しろ言葉ができないから、いちいちあっちの部署にお伺いを立てなきゃいけないし、言い方とか気を使うことが多くてさ」

「えー、でもそれはしょうがなくない？　そのために語学力に秀でたグローバル事業部があるんだし、いわば適材適所じゃん」

佑花が谷平を警戒して話題に控えめに加わる一方、彼は積極的に会話に入っていき、飲み物がなくなりかけたら率先してオーダーしたりと細やかな気配りを見せている。

そんな谷平を見つめ、小林がニコニコして問いかけた。

「谷平くんって、本当にコミュニケーションスキルが高いよね。周りのことがよく見えてるし、誰とでも如才なく話せるのって、一種の才能だよ。でも、何で前の職場でプロデューサーになろうと思わなかったの？　リベレイトピクチャーズって業界の中でも大手なのに」

ふいに前の職場のことを話題に出され、佑花はドキリとして肩を揺らす。すると彼が笑顔で答えた。

「やっぱり他の会社を見てみたいっていうのが、一番大きな理由ですね。映像制作会社はいくつもありますけど、それぞれワンストップで制作を行うところもあれば、幅広い事業展開をしてる会社もあって、視野を広げるために転職するのもアリかなって思ったんです」

「あー、なるほどね」

「デジタルに特化した会社とか、最新技術に力を入れてるところとか、今はいろいろあるもんねえ」

　頷いた谷平がこちらにチラリと視線を向け、笑顔で言葉を続ける。

「イーサリアルクリエイティブに採用されて、まさかここに沢崎がいるとは思わなかったので驚きました。この二年くらい連絡を取ってなかったんですけど、こうやって再会できたのって運命的だなーとか思っちゃって」

　そこで山本が「実はね」と言って、佑花を見る。

「実は今日のこの飲み会って、谷平くんに頼まれてセッティングしたんだ。『どうしても沢崎に近づきたいんです』ってお願いしてくるから、断れなくて」

「えっ」

　すると浅野と小林が便乗し、冷やかす口調で言う。

「沢崎さん、もう三年くらい彼氏がいないとか言ってたでしょ。新卒で入った会社の同期と再会するなんてロマンチックだし、私たちが応援しようかってことになって」

「うちの会社、別に社内恋愛禁止じゃないもんな。谷平は一途っぽいし、沢崎とお似合いじゃないかって、俺らも話してたんだ」

　今回の飲み会が、谷平に懐柔された三人のセッティングによるものだとわかり、佑花は言葉を失う。

それと同時に、まるで蜘蛛《くも》の巣を張り巡らせるかのように周到に根回ししている谷平に、心底ゾッとした。

（まだ入社して二週間ぐらいなのに、ここまで周囲を味方にしているなんて。そこまでわたしに執着する理由は何？）

心臓がドクドクと嫌なふうに脈打ち、佑花は膝の上の拳をぎゅっと強く握りしめる。

ここで谷平を強く拒否した場合、今回の飲み会をセッティングした三人はきっと気を悪くするに違いない。ならば佑花が彼を嫌っている理由をすべて話したらとも思うが、明確な証拠がないことを公にすれば、こちらの立場が悪くなってしまう。

そんなことを目まぐるしく考えた佑花は顔を上げ、あえて笑顔を作って明るく言った。

「もう、そういうのやめてくださいよ。周りから寄ってたかってそういうことを言われたら、わたしは断れなくなっちゃうじゃないですか」

谷平が笑みを浮かべ、「沢崎、俺は……」と何か言おうとしたものの、佑花はそれを遮って言葉を続ける。

「それに第三者の立場から『つきあっちゃえば』って言うの、ある意味セクハラですからね。わたしにはわたしのペースがあるので、温かく見守ってくれるとうれしいです」

にこやかに、それでもはっきりと告げると、彼らは少し冷静になったらしい。

先輩の立場から谷平とつきあうように求めるのはやりすぎだと悟ったのか、顔を見合わせて気まずそうに言った。

「何か……ごめんね。私たち、沢崎の気持ちも考えずに勝手に盛り上がったりして」

「騙《だま》し討《う》ちみたいにこんな場をセッティングされるの、考えてみたらかなり嫌だよな」

それを聞いた佑花は、笑顔で首を横に振った。

「こちらこそ、場の雰囲気を悪くするようなことを言ってかえってすみません。でも、職場にあまりそういうことを持ち込みたくない性質《たち》なので」

ドリンクメニューを手に取り、明るく「次、何飲みます？」と問いかけると、彼らが口々に次のオーダーを告げてくる。

それからは業界の噂や仕事に関する話題で終始和やかに歓談し、二時間ほどしてお開きとなった。山本と浅野はタクシーに乗り合わせて帰ると言い、小林は谷平に説教をする気なのか、「二人きりで話がある、次に行くぞ」と誘っていて、店の前で別れる。

佑花は駅に向かって歩き出しながら、小さく息をついた。

（何とか山本さんたちに釘を刺せたから、今後は周りからとやかく言われることはなくなるかな。それにしても……）

腹立たしいのは、谷平だ。

入社して日が浅いにもかかわらず、持ち前の人懐こさで急速に職場に溶け込みつつある彼は、周囲の人間を懐柔して外堀を埋め、何とか佑花に近づこうと画策している。

谷平の目的は、自分と男女の関係としてつきあうことなのだろうか。そう考えた佑花は、怒りの感情がふつふつとこみ上げるのを感じた。

（過去にわたしにあんなことをしておきながら、何もなかったような顔をして粉を掛けてくるとか、ふざけてるの？　しかも先輩社員たちを味方につけて、「沢崎と谷平くんはお似合いだよ」って言わせるなんて、やり方が姑息《こそく》すぎる）

彼と交際する気は毛頭なく、仕事でも極力関わりたくない。

もしまた同じ課の人間から同様の発言をされたらと思うと、ひどく気持ちが重くなった。山本たちが佑花にその気はないという事実を上手く広めてくれればいいが、一体どうなるだろう。

（そうだよ。わたしが好きなのは奨くんで、谷平くんを選ぶことなんて一〇〇パーセントない。それなのに――）

そのときふいに背後から「沢崎」と名前を呼ばれ、佑花は驚いて振り返る。

するとそこには谷平がいて、こちらに歩み寄ってくるところだった。

「谷平くん、小林さんと次の店に行ったんじゃ……」

「面倒臭いから、『ちょっと電話が入ったので失礼します』って言って撒いてきた。何で俺が野郎とサシで飲まなきゃいけないんだよ、鬱陶しい」

忌々《いまいま》しげにそうつぶやいた彼は、「それより」と言って佑花を見る。

「沢崎、さっきは上手いこと言って切り抜けたよなあ。せっかく俺が山本さんたちに頼んでセッティングしてもらった場が、おかげでパーになったじゃん」

「何言ってるの？　わたしはあなたとつきあう気なんて、欠片《かけら》もない。それなのに周りの人を巻き込むなんて、一体どういうつもりなの」

「だって沢崎、つんけんして俺と話そうとしないだろ。だから他の社員に協力をお願いしたんだ」

佑花は怒りで震えそうになるのをぐっと抑え、押し殺した声音で言う。

「わたしは他に、つきあっている人がいるの。だから谷平くんのことはそういう目で見れない」

そもそも谷平の人間性に疑問を抱いているのだから、日生とつきあっていなくても対象外だ。

そんなことを考えていると、彼がこちらをまじまじと見つめ、盛大に噴き出す。

「見栄張るなよ。沢崎は三年くらい彼氏がいないみたいだって、浅野さんが話してたぞ。そんなしょうもない嘘をつくなんて、お前ってほんと可愛いよな」

そう言って谷平が頭をポンポン叩いてきて、佑花は不快に思いながらそれを撥《は》ねのける。

「会社の人に、プライベートを全部話すわけないでしょ。とにかくそういうことだから、今後はおかしなアプローチはやめて」

もっと言いたいことはあったが、これ以上彼と一緒にいるのが嫌で、佑花は駅に向かって歩き出す。

すると谷平がこちらの腕をつかみ、グイッと身体を引き寄せて言った。

「なあ、これから二人で飲み直そう。ちゃんと話せば俺の気持ちをわかってくれるだろうし、いい店知ってるんだ」

「……っ、放して」

思いのほか谷平の身体が近く、佑花は顔色を変えて彼を押しのけようとする。

今までなかったに身体的な接触に、ひどく動揺していた。彼とどこかに行くつもりはなく、話をする気もない。これ以上しつこくされるなら大きな声を出そうか――そう考えた瞬間、ふと視線を感じた気がして顔を上げる。

（えっ……？）

少し離れた先にいるのは、日生だった。

スーツ姿でマスクをした彼は目を見開いてこちらを見ていて、佑花の心臓がドキリと跳ねる。

驚いたのは、日生の隣に二十代半ばくらいの女性がいることだ。シアー素材のフリルのベアトップにワイドパンツを合わせ、緩やかに巻いた髪と大ぶりのピアスという恰好の彼女はまるでモデルのような体形で、彼の隣にぴったり寄り添っている。

（奨くん……どうして）

彼は今日、「会いたい」というメッセージを送った佑花に対し、「棋譜の勉強に集中したいから、しばらく会えない」という返信をしてきたはずだ。

それなのになぜ彼が、女性と一緒に六本木にいるのだろう。そう問いかけたい衝動にかられた佑花だったが、彼と自分は秘密の関係だ。ましてやこちらも谷平に腕をつかまれている状態であり、どう対処していいかわからずに束の間固まっていると、日生の隣にいた女性が何やら彼に話しかける。

すると日生がこちらから視線をそらし、踵を返して歩き去っていって、それを見た佑花は呆然とした。

（奨くん、わたしに気づいていたはずなのに、何も言わずに行っちゃった。それにあの女の人は一体誰？）

こちらの存在をきれいに無視した彼の態度に、佑花はショックを受けていた。

たとえ自分たちが公にできない関係であっても、アイコンタクトくらいあってもいいはずだ。それなのに日生はまるでこちらが見えていないかのように振る舞い、ここ最近の素っ気なさと相まって最悪の想像をしてしまう。

（やっぱり奨くんは、わたしと別れたいって考えているのかも。だから今も、あんなふうに無視して――）

そんなこちらをよそに、谷平が好奇心いっぱいの表情でつぶやく。

「今の女、すっげー美人だったな。それに男のほうもどっかで見たことあるような気がするけど、二人とも芸能人かも」

ぐっと顔を歪めた佑花は、彼の身体を力いっぱい押しのける。そして語気を強めて告げた。

「いい加減にして。わたしはあなたと飲みに行かないし、二人きりで話す気もない。これ以上しつこくするなら、交番に行くから」

「あ、……」

こちらの気迫で本気であるのが伝わったのか、谷平はそれ以上追いかけてこなかった。

地下鉄に向かって歩きながら、佑花は千々に乱れた心を持て余す。日生がなぜ自分を避けるようになったのか、なぜ「忙しい」と言っていたのに繁華街にいたのか。そして一緒にいた女性は誰なのか――そうグルグルと考え、かすかに顔を歪めた。

（そんなの、わかりきってる。奨くんはわたしと別れたくなったから距離を置こうとして、さっきの女の人に乗り換えるつもりなんだ。もしかしたらもう、二人はつきあってるのかも）

先ほどの女性は人目を引く美貌の持ち主で、一般人とは違う雰囲気を醸し出しており、日生とお似合いに見えた。

二人に比べて、自分はあまりに平凡だ。才能と容姿に優れた彼が、あの女性に目移りするのは無理もなく、惨めな思いが募る。

「……っ」

ぐっと唇を引き結んだ佑花は、ICカードをかざして改札を通り、ホームでスマートフォンを取り出す。

しかし日生からは何のメッセージも届いておらず、失望がひたひたと心を満たすのを感じた。連絡がないということは、彼はあの女性について言い訳をする気も、自分と会話をする気もないのだ。

日生の交際相手である佑花は彼を問い質す権利があるのかもしれないが、もし連絡して無視されたらと思うと、その勇気が出なかった。

(やばい、泣きそう。谷平くんの件だけでも気持ちが重かったのに、奨くんのあんな態度を見たら、もうどうしたらいいのかわかんないよ……)

そのとき手の中のスマートフォンが電子音を立て、佑花はドキリとしてディスプレイを見る。すると日生からメッセージがきていて、〝さっきの女性についていろいろ話さなきゃいけないことがあるけど、しばらく時間が欲しい〟〝本当にごめん〟という文面があり、信じられない気持ちでいっぱいになった。

（何これ。今わたしと話すわけにはいかないの？　それはあの女の人と一緒にいるから……？）

彼が佑花を大切に思い、事情を説明する気があるのなら、今すぐでも構わないはずだ。

それなのにこの期に及んで「しばらく時間が欲しい」と言うのは、こちらと直接話すのを避けるためだとしか思えない。疚《やま》しい相手でないのならこちらに誤解されないよう、あの女性の素性を真っ先に説明するに違いなく、つまりは〝そういうこと〟ではないかと佑花は考える。

心の中に嵐が吹き荒れ、苦しくて仕方がなかった。ホームに地下鉄が入ってきて横から強い風が吹きつける中、乱れた髪を押さえた佑花は唇を引き結び、心の中の葛藤をじっと押し殺していた。

第七章

夜の六本木は人通りが多く、車道にも多くの車が列をなしている。そんな中、タクシー乗り場に向かって早足で歩く日生は、ひどく動揺していた。

（どうして佑花が、こんなところにいるんだ。それに一緒にいた男は一体……）

今日の日生はマネジメント会社との会食のため、六本木に来ていた。

今まではイベント出演やテレビ番組、ＣＭ、広告などの依頼が舞い込んできた場合、連盟がその窓口になっていた。しかし最近は案件が増えてきたために職員が対応しきれず、マネジメントをする人間が必要ではないかという会長の判断により、話し合いが持たれた。

結果、大手芸能事務所と契約することが決まり、詳細を取り決めたあとに親睦を兼ねた会食が開催された。日生が実は極度のあがり症であること、人が多いイベントにはなるべく出演したくないという情報が共有され、今後はいろいろと配慮してもらえることになって安堵した。

問題は、そのあとだ。会食を終えて解散したあと、帰宅しようとしていた日生の前に、突然史乃が現れた。

「奨、今日は会食だったのね。会ってたのって、芸能事務所の人間でしょ。もしかしてマネジメント契約するの？」

彼女が日生の外出先に現れるのは、これが初めてではない。

会館前で出待ちをしていたり、昼食や打ち合わせで入った店に時間差で入店し、わざと少し離れたところに座ったりと、常にこちらの動向を監視している節があった。

やっていることは完全にストーカーで不愉快極まりないが、史乃が狡猾《こうかつ》なところはそれ以上の行動を起こさないところだ。「反応したら負けだ」と考えた日生は何も答えず、無視してタクシー乗り場へ向かって歩き出した。

すると彼女は隣を歩き、ニコニコと言葉を続けた。

「事務所と契約するなんて、本当に芸能人みたいね。ハイブランドにも注目されるくらいだし、あなたの顔ならモデルでも充分やっていけるわ。これからはそういう案件も増えてくるんじゃない？」

身体には触れないがぴったりと寄り添われ、傍から見れば一緒に歩いているように見える距離に、日生はかすかに眉をひそめた。

事務所と契約したのは芸能活動を活発化させるためではなく、マスコミ対応がメインの目的だ。

今後はマネージャーがスケジュール管理や商談への同行、取材対応などもしてくれるといい、史乃の見解は間違っている。

（そうだ。これからは史乃にこうしてしつこくされてもマネージャーが対応してくれるし、場合によっては法務に動いてもらえる。正式に契約するまで、もう少しの辛抱だ）

そんなふうに考えながら歩いていた日生は、ふと視線の先に見覚えのある人物がいるのに気づいた。

往来に立ち止まっているのは、佑花だ。彼女は同年代の男性と一緒にいて、何やら深刻な顔で話をしている。

（佑花、どうしてこんなところに……）

その瞬間、日生の頭に浮かんだのは「自分と佑花の関係を、史乃に知られてはならない」という考えだった。

もし佑花が日生の交際相手だと知られれば、史乃は間違いなく彼女を敵として認定する。自分たちを別れさせるべく行動を起こすのは充分考えられ、それだけは何としても避けなければならなかった。

しかし次の瞬間、佑花と一緒にいた男が立ち去ろうとした彼女の腕をつかんで引き寄せて、日生の心臓が跳ねた。二人の様子はひどく親密で、赤の他人というには近すぎる距離であり、「一体どういう関係なのだろう」という疑問が湧いた。

そのときこちらの視線に気がついたように、佑花が日生を見た。彼女は驚きに目を見開き、物言いたげな眼差しを向けてきて、日生は佑花の心情を悟った。

(佑花は「忙しい」と言っていた俺がここにいることに、疑問を抱いている。ここ最近、いろいろ理由をつけて彼女を遠ざけていたから)

その原因は、隣にいる史乃だ。

四年ぶりの再会をきっかけに過去のトラウマを揺り動かされた日生は、欲しいものは必ず手に入れる性格の史乃から佑花を守るため、意識して距離を置いていた。

今日も彼女から連絡がきており、日生としては会いたい気持ちでいっぱいだったものの、断腸の思いで「棋譜の研究に集中したい」と断ったばかりだ。それなのにこうして繁華街にいるのだから、嘘をついたと思われても仕方がない。

(でも——)

「奨、どうしたの?」

史乃がふいにそう問いかけてきて、日生は「やはり自分との関わりを知られるのは、佑花が危険すぎる」と判断した。

無表情で彼女から視線をそらした日生は、踵を返して歩き出した。

「もう、待ってよ」

史乃が当たり前のような顔をして追いかけてきて、日生はふつふつとした苛立ちをおぼえる。

おそらく佑花は、裏切られた気持ちでいっぱいだろう。「あとで電話をするべきだろうか」と考える一方、彼女が一緒にいた男の素性が気にかかる。

(俺は佑花とつきあっている人間として、腕をつかんでいたあの男を問い質すべきだったのかもしれない。でもそうすると、史乃に佑花の存在が知られてしまう)

二人の親密な距離を思うと、じりじりとした焦りがこみ上げる。

佑花が他の男と二人きりで会うのは予想外で、日生は思いのほか動揺していた。確かに彼女は溌剌とした性格やきれいな容姿、仕事に一生懸命なところなど、女性として魅力的な部分が多くある。

仕事関係で異性に会う機会も多いはずで、アプローチしてくる男がいても何ら不思議ではない。

(そうだ。素の俺はあがり症で、佑花は「気にしない」って言ってくれてたけど、実際は頼りなく思っていたのかも。だから他の男と二人で……)

しかしこちらも史乃と一緒にいたことは事実で、日生はぐっと唇を引き結ぶ。そんな葛藤をよそに、彼女が笑顔で言った。

「ね、これから飲みに行かない？　いいお店を知ってるの。個室だからプライバシーも保たれるし、お酒の種類も豊富だから、きっと満足できると思うわ」

ちょうど客待ちのタクシーを見つけた日生は、少し手前で足を止める。そして史乃に視線を向け、淡々とした口調で言った。

「何度も言っているとおり、俺はあなたと二人でどこかに行く気は微塵もありません。失礼します」

「つれないのね。私がこんなにアプローチしてるのに、いつまでも冷たい態度を取るなんて」

彼女は「でも」と言ってにんまり笑う。

「あなたはそのうち、私を無視できなくなるんじゃないかしら。ふふっ、すっごく楽しみ」

「――……」

一体どういうことなのか史乃の言葉の意味が気になったものの、話せば彼女のペースに巻き込まれるのは目に見えている。

そのため、日生はそれ以上答えず無言でタクシーに乗り込んだ。そして自宅の住所を告げ、シートに背を預けてじっと考える。

(佑花にあの男との関係を、詳しく聞きたい。でもそうするとこっちも史乃について説明しないとフェアじゃないし、どうしたものかな)

事務所とマネジメント契約を結べばマネージャーがつき、史乃に関しては対応しやすくなる。

佑花が彼女に逆恨みされないよう、できればすべてが片づいてから事情を説明したいというのが日生の本音だ。史乃を完全に遠ざけてからでなければ安心して佑花とは会えず、「やはりしばらく時間をおくべきか」と考える。

（メッセージや電話で話すことではないし、仕方ないか。俺も今は冷静ではないから、直接話すべきじゃない）

それでもこのままスルーするのは忍びなく、日生は熟考の末に〝さっきの女性についていろいろ話さなきゃいけないことがあるけど、しばらく時間がほしい〟〝本当にごめん〟というメッセージを送った。

するとすぐに既読になったものの、彼女からの返信はない。しばらく経っても何のメッセージもこず、日生はかすかに眉をひそめた。佑花が返信してこないのは、先ほど日生が無視したのを怒っているからだろうか。それとも嘘をついて彼女を遠ざけ、他の女と一緒にいたからだろうか。

（両方かな。それとも、あの男と一緒にいるからか）

そんな想像をし、胃が嫌な感じに引き絞られる。

だが日生が知っている佑花は浮気ができるような性格ではなく、信じたい気持ちのほうが強い。ついこのあいだまで自分たちはいい関係を築けていて、日生は「ちゃんと話し合いさえすれば、また佑花と元どおりにつきあえる」と己を叱咤《しった》した。

（そうだ、しばらくの辛抱だ。史乃がどんなふうにアプローチしてこようと、こっちは断固として拒めばいいんだから）


翌日、千駄ケ谷の会館を訪れた日生は、そこで会った友人の佐柄から意外なことを言われた。

「日生、このあいだ彼女ができたって言ってただろ。それ、スポーツ誌に撮られたみたいだぞ」

「えっ？」

「っていうか、相手がＳＮＳで彼氏がお前だとわかるように匂わせてるみたいだ」

彼の言葉に驚き、日生は言葉を失う。

自分と佑花の姿が新聞記者に写真を撮られていたなど、まったく気づかなかった。二人で一緒に行動したのは数えるほどしかなく、まさかそのときに撮られていたのだろうか。

（それに……）

佑花がＳＮＳをしているのは初耳で、しかも日生と交際しているとわかるように匂わせているというのが予想外だ。これまでそういうことをするタイプには見えず、にわかには信じられない日生は、佐柄に向かって問いかけた。

「そのスポーツ誌って、どこの？」

「コンビニに行ったとき、記事の見出しにびっくりして思わず買ったから、手元にあるよ。ほら」

彼が新聞を差し出してきて、該当の誌面を見た日生は目を瞠る。

そこに書かれていたのは〝日生奨八段との交際匂わせ？〟〝美人インフルエンサーの投稿が話題に〟というもので、写真も二枚ほど掲載されていた。

記事によると、とある美容系インフルエンサーのSNS投稿が話題になっており、それが日生との交際を匂わせているのではないかと言われているらしい。

彼女は写真投稿サイトを中心に〝ふみの〟という名前で活動し、フォロワー数は四十万人で、デパコスの新商品紹介や自顔のアップ、ブランドファッション、優雅な日常生活などを投稿しており、美容界隈ではそれなりに名の知れた存在だという。

そんなふみのは最近、この会館をバックに写真を撮ったり、近隣の店でランチをしている写真を投稿していて、物議を醸していたそうだ。SNSのコメント欄には「将棋？」「棋士とつきあってるってこと？」という書き込みが相次ぎ、その二週間前の投稿も関心を集めているという。

それは〝LUCIOLE の新作発表会に行ってきました〟というタイトルで、ハイブランドのドレスに身を包んだ彼女の写真、そして「懐かしい人に会っちゃった」「やっぱり好き　向こうも同じ気持ちのはず」というキャプションがつけられており、そのブランドのアンバサダーが棋士の日生奨であることから、交際を匂わせていると思われているようだ。

その記事を読んだ日生は、表情を険しくした。

（史乃が「あなたはそのうち私を無視できなくなる」って言っていたのは、このことか。まるで俺たちがつきあっているかのように、世間に印象づけてる）

しかも日生と彼女が外で一緒にいる写真も掲載されており、一体いつからのつきあいなのかを特定しようとする動きもあるらしい。佐柄が日生を見つめて言った。

「このあいだお前から彼女ができたって話を聞いたとき、素朴でいい子そうだなって思ったんだ。でもこの記事を読むと、だいぶ印象が変わるな」

「――彼女じゃない」

「えっ？」

「俺がつきあっているのは、別人だ。この記事は捏造《ねつぞう》だよ」

「捏造？」

日生は四年前に交際していた相手がいたこと、彼女とは互いのキャリアのために円満に別れたこと、しかしその直後から彼女の双子の妹にしつこく付き纏われ、精神的に追い詰められた結果、数年間に亘るスランプに陥ったことを説明する。

そして二週間ほど前にハイブランドのパーティーに出席した際、彼女――仲嶋史乃が接触してきたのを話すと、佐柄は驚きの表情で言った。

「だったらこの記事って、その女の仕込みなんじゃないのか？　ＳＮＳの匂わせはもちろん、こうやって二人でいる写真を撮られてるのも、自分からスポーツ紙に情報をリークしたのかも」

「ああ。たぶんそうだと思う」

日生の心に、苦々しい思いが募る。

おそらく史乃は周囲に自身と日生の関係を印象づけ、外堀から埋めようとしているのだろう。四年前も沙英子と別れたあとからしつこく纏わりつき、あたかも自分たちがつきあっているかのように振る舞っていたが、あのときと同様に日生を囲い込もうとしている。

（冗談じゃない。彼女を異性として見たことは一度もないし、何より俺には佑花という恋人がいる。また史乃に生活を乱されてたまるか）

そんなふうに考える日生をよそに、スポーツ誌を眺めた佐柄が顔をしかめて言った。

「つまりこの女は四年前と同様に日生に執着して、何とか自分のものにしようと画策してるってことか。顔はきれいだけど、やることがえげつないなー。自らスポーツ紙に情報をリークするなんてさ」

「彼女なら、やりかねない。とにかく常軌を逸したレベルの自己中心的な性格で、相手の都合を一切考えない人間なんだ」

するとそれを聞いた彼が、考え込みながら言う。

「もしかしてこのふみのって女は、日生に他につきあっている相手がいるのを知らないのか？」

「ああ。彼女が接触してきてからは、会ってない。もし逆恨みされたら困ると思って」

「確かにな。でもお前、芸能事務所と契約するんだろ。事務所対応で何とかできないの」

「それを今考えてる」

これまでは取材などは連盟を通して日生に通達され、自分でいろいろ判断しなければならなかったが、今後はそれを事務所に代行してもらえることになるはずだ。

トラブルが起きた際には弁護士なども頼めるため、相談してみようと考えていることを説明すると、佐柄が安心したように笑った。

「そっか。常に第三者《マネージャー》と一緒にいたら、この女もおいそれと好きにはできないかもな。しかしこの写真を見るかぎりだと、まるで二人がつきあってるかのように見えるよ。これがいわゆる切り抜きってやつか」

「最低限しか話していないし、もちろん二人でどこかに行ったわけでもないけど、確かに写真だけ見ると親密そうだ」

もしこれを佑花が見たら——そう考え、日生の心に怒りがふつふつとこみ上げる。

彼女はきっと、日生が浮気をしたと考えるだろう。史乃は彼女の存在を知らないが、図らずも自分たちの仲に亀裂を入れたことになり、苦々しい気持ちが募る。

（悠長なことはしていられない。今夜佑花に会って、事情を全部説明しよう。それと同時に事務所との契約を急いで交わして、史乃にどう対応すべきか協議しないと）

そう考えた日生はスマートフォンを取り出し、まずは佑花にメッセージを送る。

〝スポーツ誌に載った内容について、話をしたい〟〝今夜、どれだけ遅くなってもいいから会えないかな〟――そんな内容で送信したものの、すぐには既読がつかない。

もし彼女が既に記事の内容を知っていて自分に失望していたらという想像をし、日生はかすかに顔を歪める。史乃の身勝手な行動で自分と佑花の関係にヒビが入るのは、断じて許せなかった。

彼女の出現によって佑花を遠ざけていたことが裏目に出て、昨日のニアミスも相まって記事の内容に信憑性を持たせてしまっている。

（落ち着け。佑花は今仕事中だし、忙しければなかなかスマホを見れないはずだ。焦らず返信を待つしかない）

そう結論づけた日生は気持ちを切り替え、事務所の担当者に電話をする。

そしてトラブルに巻き込まれたことを説明し、早急にマネジメント契約を締結したい旨を伝えると、相手は「契約の日程をできるだけ早められるよう、必要書類の準備を急ぎます」と答えてくれた。

それから佐柄を含めた二人と将棋を指して検討会をしたあと、夕方から出版社で打ち合わせをこなす。

佑花に送ったメッセージは午後一時に既読になっており、その少しあとに返信がきていたが、内容は〝明日からロケハンで長崎《ながさき》に行かなければならないので、今日会うのは無理です〟〝東京に戻るのは明後日の夜になります〟というにべもないもので、日生はじっと考える。

(やっぱりスポーツ誌の記事を読んだから、今日会うのを断ってきたのかな。佑花は昨夜俺と史乃が一緒にいるところを見てるし、記事が真実だと思ってもおかしくない)

だとすれば浮気したことを怒っていて、少し時間をおきたいと考えている可能性は充分考えられる。

彼女と別れるという事態をリアルに想像し、日生は強く「嫌だ」と思った。佑花とは正式に交際を始めてまだ一ヵ月しか経っていないが、一緒にいてとても癒やされる。日生の外見ではなく中身を見てくれていて、あがり症を決して馬鹿にせず、かといって特別視もしないスタンスは心地よかった。

溌剌として明るい性格や前向きな考え方は、自分とは逆であるからこそ魅力的に感じ、ベッドで大胆に振る舞うところも嫌ではない。日生としてはかつてないほどにフィーリングが合う相手であり、史乃のせいで別れる羽目になるなど断じて受け入れがたかった。

(俺の気持ちを伝えるためには、直接会って話をしなきゃ駄目だ。明後日の夜まで待つしかない

か）
すぐにでも会って弁解したいのは山々だが、仕事をしている以上は無理を言えない。
ビルの外に出ると、昼間の名残のムッとした熱気が全身を包み込んだ。時刻は午後五時を少し過ぎていて、「彼女は今、何をしているのだろう」と考えながら、日生は駅に向かって歩き出した。

＊　＊　＊

――時は、半日ほど遡る。

収録した映像の加工や仕上げの作業をチェックするのは、ＣＭプロデューサーにとって重要な仕事だ。

社内には映像処理や音声の調整などそれぞれの専門分野を担当する者がいて、プロデューサーのアシスタントである佑花は密接に関わっている。

彼らは作業の各工程において、映像の中の商品や出演者を魅力的に見せるためのさまざまな技術を有しており、打ち合わせに同席することはとてもいい勉強になっていた。

だが普段真剣に話を聞いているはずの佑花は、今日はどこか上の空だ。原因は昨夜の出来事で、モデルのような女性と一緒にいた日生の姿が脳裏から離れない。

佑花がもっともショックだったのは、彼がこちらをきれいに無視したことだった。確かに他人に自分たちの交際を知られてはいけないのはわかっているが、CM撮影の仕事で絡んだことがあるのだから挨拶くらいはしてもいいと思う。

あれから間もなく日生からメッセージが届いたものの、内容は〝さっきの女性についていろいろ話さなきゃいけないことがあるけど、しばらく時間が欲しい〟〝本当にごめん〟というもので、佑花はその言葉の意味を考え続けている。

(すぐに説明もせず、会おうともしないってことは、きっと奨くんはわたしと別れたいって思ってるんだよね。でも直接話す勇気がなくて、先延ばしにしてる……)

自分たちの格差を考えれば、それは仕方のないことなのかもしれない。

才気溢れる棋士で、芸能人並みの容姿を持つ日生と佑花は元々釣り合っておらず、むしろ昨日の女性のほうがよほどふさわしい。そう思う一方、「別れたいのならそう言えばいいのに、なぜ先延ばしにするのか」という反発心もあり、佑花は複雑な気持ちを押し殺す。

(いっそはっきり別れを告げられたほうが、すっきりするのかな。でもこんな形で終わるなんて、納得できない)

佑花の心には、日生に対する愛情が強くある。

棋士としての才能と優れた容姿の持ち主であるにもかかわらず、素の彼はあがり症で、そんな素朴な部分を可愛いと思った。真面目な性格やきちんと愛情表現してくれるところも好ましく、たとえ公にできない関係でもずっとつきあっていけたらいいと考えていた。

最後に会ったときは幾分様子がおかしかったものの、こちらに対する愛情が目減りした感じは一切なく、佑花はなぜ急に日生の態度が変わってしまったのか理由を考える。

(もしかして、何か事情があるのかな。奨くんの身辺で問題が起きて、わたしと会うことができない状態なのかも)

佑花の気鬱は、もうひとつある。

それは中途入社してきた谷平で、彼は先輩プランナーたちを懐柔して何とかこちらに近づこうとしているようだ。昨日、飲み会が終わったあとに追いかけてきた谷平に対し、佑花は「これ以上しつこくするなら警察に行く」とはっきり告げた。

今日の彼は落ち込んでいるかと思いきやまったくの普段どおりで、それをどう解釈していいかわからず悶々とする。

だからだろうか。今日の佑花は打ち合わせの際にぼんやりしてしまい、それを見たプロデューサーの市川が廊下に出るなり問いかけてきた。

「沢崎、何だか元気がないけど、どっか具合でも悪い？」

「あ、いえ。大丈夫です」

「いつも打ち合わせのときは興味津々なのに、今日はぼんやりしてただろ。コンペ作品の制作とかで困ってることがあるなら、相談に乗るよ」

彼は普段からさりげなく下の者に気配りができる人間で、上からの信頼も厚い。

三十一歳ながらプロデューサーとしての実績は申し分なく、とても頼りがいのある人物だ。市川の顔を見つめるうち、「彼になら、谷平のことを相談してもいいかもしれない」と考えた佑花は、歯切れ悪く切り出した。

「実は……ある人物のことで悩んでいて」

「それって、うちの会社の人間？」

「はい」

「そっか。じゃあ社内で話さないほうがいいだろうから、昼飯でも食いながら聞くよ」

彼が佑花を誘ったのは、会社から少し離れたところにある喫茶店だった。

互いにオムライスとナポリタンのランチセットを頼み、店員が去っていったところで市川が口を開く。

「それで、沢崎が悩んでることについて聞いていいかな」

「はい。――中途採用で入った、谷平くんについてです」

「前の会社の同僚だっけ」

佑花は頷き、谷平との関係を説明する。

——前職で互いに新卒で採用され、ＣＭプランナーとして同じ課に配属になったこと。当時は仲がよく、何でも相談できる相手だったこと。

だが外部コンペの応募作品のアイデアを細かく彼に話したところ、それを模倣されたこと——。

「谷平くんは当初自分はコンペにはエントリーしないと言いながら、わたしのアイデアを使った作品を制作して応募し、結局それが賞を獲りました。一目見て盗作されたことに気づいたわたしは彼を責めましたが、『たとえアイデアに似通ったところがあるとしても、これだけ脚色してオリジナリティがあるなら、もう俺の作品だ』と言われ、結局泣き寝入りするしかなかったんです」

他の人間に手伝いを頼んで早い段階から絵コンテなどを共有していれば、盗作を証明するのは可能だったかもしれないが、一人で作業していたのが仇《あだ》となった。

そんな佑花の言葉を聞いた市川が複雑な表情になり、ナポリタンのフォークを一旦止めてつぶやいた。

「そっか。アイデアを盗用されたのに、それを証明できないのは悔しいな」

「はい。谷平くんはコンペで受賞した実績が社内でも評価され、同期の中では頭ひとつ抜けた存在になりました。それを目の当たりにし続けることが苦しくなったわたしは、リベレイトピクチャーズを退職し、今の会社に移ったんです」

以来、谷平の動向について聞く機会はなかったが、彼は突然佑花の仲間内の打ち合わせに姿を現した。

それだけではなく、イーサリアルクリエイティブに転職してきて、ことさら周囲に自分との関係をアピールし始めたのだと佑花は説明した。

「わたしは谷平くんと馴れ合う気は微塵もなく、明確に距離を置こうとしていましたが、彼は企画演出部の人たちに身勝手な発言を繰り返しています。わたしと谷平くんが以前から親友だったとか、ここが職場恋愛が禁止じゃないのであれば自分たちの仲を応援してほしいとか。昨日は山本さんたちを使ってわたしを飲み会に誘い出して、彼女たちの口から『つきあっちゃえば』って言わせたんです」

すると市川が眉をひそめ、口を開く。

「実は俺も谷平本人から、沢崎との仲を仄《ほの》めかすようなことを聞かされたことがあるんだ。でもたとえ旧知の仲だとしても、ここでの彼は新人で沢崎は先輩社員、入社早々にそういう部分ばかりアピールするのはいささか不謹慎だ。沢崎は自分から谷平に絡もうとしてなくてどちらかといえば迷惑そうにしていたし、何より彼の君に対する馴れ馴れしい態度が目に余って、『職場でそういう話をされる沢崎の気持ちも考えたらどうかな』『プライベートはともかく、職場で彼女を「あいつ」呼ばわりはやめたほうがいい。君より社歴が長いんだから』って注意したんだけど、それを聞いた谷平は面白くなさそうな顔をしていた」

「そうなんですか?」

「うん。彼なりに部署内における自分のポジションを確立しようとして、その足掛かりに沢崎を利用したのかもしれないな。それにしても、事実と異なる噂を流したり、他の社員たちを使って囲い込むような真似《まね》はやりすぎだよ。今まで一人で抱え込んで、つらかったな」

ふいに気遣う口調でそんなふうに言われ、佑花の目にじわりと涙がにじむ。

今まで誰にも谷平のことを相談できず、じわじわと外堀を埋められていくのはひどくストレスが溜まり、本当につらかった。

思わずポロリと涙を零《こぼ》すと市川がハンカチを差し出してくれて、佑花は「すみません」と言いながらそれを受け取る。彼が真剣な表情で口を開いた。

「沢崎が谷平に関することで悩んでいるのは、よくわかった。でも残念ながら過去にアイデアを模倣された件については、今は実証できない。もし言いふらしたりすれば彼のクリエイターとしての名誉を著しく棄損してしまうから、悔しいけど職場の人間には話さないのが賢明だ」

「……はい」

「彼の行動に関しては、俺が厳しく目を光らせておく。もし沢崎の話をまたしようとしていたらきっちり釘を刺すし、他の社員たちが彼の話に同調しそうな場合も同様だ。たとえ冗談やからかいであっても、第三者が男女交際に口を出すのはある意味ハラスメントだからね」

市川が「それから」と言葉を続け、佑花を見つめる。

「たとえ実証するのが難しいとしても、谷平が過去に沢崎のアイデアを模倣したという事実は看過できない。彼が再び同様のことをしないとも限らないから、君のほうでも情報を盗まれないように自衛してくれないかな」

「わたしもそれが気になったので、席を離れるときは必ずパソコンをロックしています。デスクの引き出しも、大事なものが入っているところには鍵をかけていて」

「そうか。よかった」

市川が親身になって話を聞き、全面的に味方になってくれたことで、佑花は気持ちが格段に軽くなったのを感じた。

ホッと息をついた佑花は向かいに座る彼を見つめ、微笑んで言った。

「市川さん、話を聞いてくれてありがとうございます。今まで誰にも言えずにいたので、何だか気持ちが楽になりました」

「このくらい、お安い御用だよ。そういえば沢崎、明日から長崎出張だっけ」

「はい。錦戸さんが担当するH社のロケハンで、一緒に島原市《しまばら》に行ってきます」

ロケハンとは撮影前の下見のことをいい、現地の担当者と直接交渉を行いながら、絵コンテに合いそうな撮影候補地の写真や動画を撮らせてもらう。

それを持ち帰って監督や各種技師たちと協議し、実際にロケ地を決定するという流れだ。佑花が一泊二日の日程で明後日帰ってくると言うと、市川が考え込みながらつぶやいた。

「……そっか。だったらそれまでに少し探りを入れておくかな」

「えっ？」

「いや。何でもない」

そのときふいに斜め横に座っていた女性客二人の片方が、スマートフォンを見つめて「えっ」と声を上げる。

「ねえ、将棋の日生奨に熱愛が発覚したらしいよ。スポーツ誌がスクープしたみたい」

突然日生の名前が聞こえてきて、佑花はドキリとして彼女たちのほうを見る。

彼女たちは「相手は誰？」「美容系インフルエンサーの、ふみのだって」と話しており、グルグルと考えた。

（奨くんに熱愛発覚って、もしかして昨日の人？　写真を撮られたってことなの？）

動揺しながらバッグからスマートフォンを取り出した佑花は、急いで〝日生奨　熱愛〟というキーワードでネット検索をする。

するとスポーツ誌のウェブ版の記事が出てきて、それによると相手は〝ふみの〟というインフルエンサーであり、日生との交際を匂わせているらしい。決定的なのが写真で、夜の街で二人でいる姿がリンクで掲載されていて、佑花は顔をこわばらせた。

(これ、やっぱり昨日の人だ。でも昨夜とは服装が違うから、奨くんはこの人と何度も会ってるってこと……?)

昨夜から抱いていた日生への疑惑が裏づけられたことになり、佑花の中に失望感がこみ上げる。するど市川がこちらを見つめ、問いかけてきた。

「どうかした? 早く食べないと、昼休みが終わるよ」

「あ、そ、そうですね」

咄嗟に表情を取り繕った佑花はオムライスの残りを口に運んだものの、美味しいはずのそれは砂を噛むように味気ない。

結局三分の一ほど残してしまい、会社に戻るべく店の外に出た。そのときバッグの中でスマートフォンが鳴り、取り出して確認したところ、日生からメッセージがきている。

〝スポーツ誌に載った内容について、話をしたい〟〝今夜、どれだけ遅くなってもいいから会えないかな〟——そんな内容の文面をポップアップで見た佑花は、じわりと苛立ちをおぼえた。

(何それ。昨日は〝さっきの女性についていろいろ話さなきゃいけないことがあるけど、しばらく時間が欲しい〟って送ってきたくせに、いきなり記事が出て焦ってるの? 奨くんは一体どう

したいのよ）

距離を置かれたかと思いきやフォローするようなメッセージがきて、佑花は不信感でいっぱいになる。

こちらを翻弄する反面、肝心なことは何も話さない彼に対し、ふつふつと怒りがこみ上げていた。いっそ無視してやろうかと思ったものの、それは大人げないと感じ、少し考えたあとに明日から長崎に出張すること、そのため明後日の夜まで会えない旨を返信する。

本当は今夜時間が取れないわけではないが、今の状態ではとても冷静に話せそうにない。ある程度時間を置き、自分がどうしたいかを決めてから日生に会うのでも遅くはないと考えた。

（これくらいの我儘、許されるよね。そういえばわたしたち、つきあってたはずなのに全然一緒に出掛けたことなかったな）

彼と外で顔を合わせたのは夜のジョギングのときと二回の食事のみで、いつも人目を気にしてデートも満足にしたことがなかった。

だが〝ふみの〟とは何度も一緒に出掛けていたようで、佑花の中に「自分は一体何だったのだろう」という思いが募る。とどのつまり自分は日生にとって都合のいい女でしかなく、本命は彼女だったに違いない。

会社に戻った佑花はエレベーターを降りたところで市川と別れ、その足で化粧室に向かう。すると鏡に映った自分はひどい顔色をしていて、ぐっと唇を引き結んだ。

たとえ私生活で傷つくことがあっても、仕事に集中しなければならない。午後はクライアントとの打ち合わせが一件と出張に行く前に提出するよう求められた書類作成があり、忙しくなる予定だ。

(奨くんのことはひとまず脇に置いて、仕事に集中しよう。……ミスするわけにはいかないんだから)


今回の長崎出張は武家屋敷を中心としたロケハンで、女性ディレクターである錦戸と他二名のスタッフで訪れた佑花は、現地で各種施設の担当者と交渉したり、建物の外観や内部の写真を撮ったり、撮影隊が泊まるビジネスホテルの手配やロケ現場に配達してくれる弁当業者の確認をするなど、予定していた日程を精力的にこなした。

撮影の候補日は五日間押さえ、万が一悪天候に見舞われた場合の予備日を充分確保するように努める。帰りの飛行機に乗り込んだときは疲れきっていて、ぐったりとシートに身体を預けた。

(疲れた……。羽田《はねだ》に着くのは、午後六時くらいだっけ。明日は会議があるし、自宅に直帰せずに会社に行って、いろいろ資料を作らなきゃ駄目だな)

こうしてロケハンや撮影が入ると日程は過密になり、書類作成も含めると帰宅する時間はどんどん遅くなっていく。

撮影後も仮編集や本編集の立ち会い、クライアント先での映像チェックがあり、その他の案件のミーティングや雑務なども並行して行わなければならないため、本当に多忙な仕事だ。

それでもクリエイティブな人間が集まる職場はさまざまな刺激があり、忙しさで肉体的な疲れをおぼえつつも、「早く自分の作品が作れるようになりたい」という意欲が湧いてくる。

（一昨日以来、奨くんからの連絡はない。それはわたしが出張で忙しいのを考慮してくれてるから？　それとももう、どうだっていいってこと……？）

仕事の合間のふとした瞬間、入浴時や眠りに落ちる直前など、佑花は日生について考え続けていた。

おそらく彼とは、別れることになるのだろう。ＣＭ撮影で出会ってから二ヵ月、恋人として過ごした時間は短くても、佑花は日生と一緒にいて楽しかった。彼から将棋の手解きを受けたり、自宅で料理をしてサブスクのドラマを見たり抱き合ったりと、外には出ずにどちらかの家で過ごすつきあい方は傍から見ればとても地味だったはずだ。

それでも同じ空間にいるだけで佑花は心が満たされ、たとえ会話がなくても棋譜の勉強をしている日生の真剣な横顔を眺めるのがとても好きだった。こちらに気づいた瞬間、彼の表情がふっと柔らかくなるところにいつも胸がきゅんとし、日生の目に自分しか映っていないのを幸せに感じていた。

だが彼の気持ちは既に自分にはなく、別の女性が好きなのだ。そう思うとじわりと涙がにじみ、佑花は目を閉じてそれをやり過ごす。

(もう別れることが決定事項なら、最後くらい言いたいことを言おう。たとえ奨くんがいなくなっても、わたしには仕事があるんだから大丈夫)

毎日こうして忙しく過ごしていれば、きっと日生を忘れることは容易に違いない。

コンペ作品の撮影をしたり、編集作業で仲間たちとわいわいやっていれば、寂しさを感じる暇もないだろう。そんなふうに考えつつも胸の痛みは消えず、目を瞑《つむ》っているうちにいつしか眠りに落ちていたらしい。

起きたときは羽田に着く頃で、それから一時間弱かけて会社に向かう。午後七時くらいにオフィスに入ると、残っていた社員の一人が声をかけてきた。

「出張お疲れさん。わざわざ会社に来ないで、直帰すればよかったのに」

「そうしたいのは山々だったんですけど、明日の会議のための資料を作らなければならないので、空港から直で来ちゃいました」

「社畜だな。これから下のコンビニに行くから、頑張る沢崎のために何か買ってきてやるよ」

「ありがとうございます」

彼がコーヒーとサンドイッチを差し入れてくれ、それをありがたく受け取った佑花はパソコンに向かい、資料の作成を始める。

撮影場所となる予定の施設名や外観と内部の写真、使用する小道具のリストや宿泊先の住所、撮影から納品までのスケジュールなどを入力し、書式の体裁を整えているとあっという間に二時間が過ぎた。

一応の目途がついた佑花がオフィスを見回すと、社員は既に数人しか残っておらず、それぞれパソコンのディスプレイを見ながら電話をしたり何やら話し合っている。今夜は日生と話をする約束をしているため、佑花はスマートフォンを取り出しながら考えた。

(会社を出る前に、奨くんに「これから帰ります」ってメッセージを送っておこう。わたしが向こうの自宅に行ったほうがいいかな)

だが〝ふみの〟が出入りしているかもしれない日生のマンションに足を踏み入れるのは気が引けるため、彼のほうからこちらに出向いてもらったほうがいいだろうか。

いろいろと考えた結果、「これから会社を出るので、一時間後にうちまで来てください」というメッセージを送った佑花は、データを保存してパソコンの電源を落とす。

そして席から立つと、キャリーバッグの取っ手を握って残っている社員たちに声をかけた。

「お先に失礼します」

「お疲れさま」

疲れをおぼえつつ廊下を歩き、エレベーターで一階まで下りる。

過密スケジュールの出張から戻ったその足で残業までしたため、全身に重い疲労が蓄積していた。「帰る途中で栄養ドリンクを買おうかな」と思いつつロビーエントランスの自動ドアを抜けた佑花は、会社の敷地から往来に出る。

すると駅に向かって歩き出したところで、ふいに前方から声が響いた。

「沢崎じゃん。長崎から戻ってきてそのまま直帰するのかと思ってたら、会社に来てたんだ」

そこにいるのはノーネクタイのシャツにジャケットとスラックスという恰好の、谷平だ。

茶色がかった髪をスタイリングし、わずかに生やした顎髭がいかにも業界人といった雰囲気を醸し出している彼は、どうやら社外から戻ってきたところらしい。谷平の姿を見た佑花は、思わず顔をこわばらせた。

(この人、一体どの面下げて話しかけてるの。三日前にわたしにあんなことをしたばかりなのに)

谷平が先輩プランナーたちに根回しをし、飲み会の場をセッティングして佑花との仲を職場公認にしようと画策したのは、今週の月曜日の話だ。

飲み会が終わったあとに追いかけてきた彼をきっぱり拒絶して以来会話をしていなかったが、

今目の前にいる谷平にはそうしたわだかまりは一切ないように見える。

佑花は彼を見つめ、ぐっと唇を引き結んだ。

（谷平くんに関しては市川さんに相談してるし、目に余る場合は釘も刺してくれるって言ってた。だったらわたしは、徹底してこの人を避けよう。話しても不快になるだけだもの）

そんなふうに結論づけた佑花は目を伏せ、谷平の言葉には反応せずにその脇を通り過ぎようとする。すると彼が、こちらの肘をつかんで引き留めてきた。

「待てよ。このあいだのことは、悪かった。あれから山本さんたちから『悪いけどもう協力できない』って言われたし、市川さんにも『谷平が今集中するべきなのは、仕事だと思うよ』って言われたんだ。俺もちょっとやり方が強引すぎたかなって、反省してる」

「…………」

「その上で、改めてお前と話がしたいんだ。これから時間ある？」

「ありません」

にべもない佑花の返答に、谷平が苦笑して言う。

「冷てえなあ。じゃあここで話すけどさ、沢崎、これから俺と組まない？」

「組む……？」

一体何を言われているのかわからず、佑花が怪訝《けげん》な顔で問い返すと、谷平が笑顔で発言の真意を説明した。

「沢崎は二年くらい前にこの会社に入ったのに、まだディレクターにもプロデューサーにもなれてないだろ。リベレイトピクチャーズで働いていた頃と合わせたら、トータル四年は芽が出てないことになる」

「………」

それは佑花がイーサリアルクリエイティブに入社したあと、しばらくは広告会社への営業活動を担当する部署に所属していたからだ。

当時は企画演出部でCM制作に携わりたい気持ちでいっぱいだったが、社外の人間と連絡を取り合うのは業界内で人脈を広げるのに役立ったため、今はまったく後悔はしていない。そんなふうに考える佑花をよそに、谷平が言葉を続けた。

「だから俺とお前で、アイデアを共有するのはどうかって思うんだ。二人で企画を練り上げればきっといいものができるし、採用される確率が格段に上がる。沢崎が提案して、俺がそれにアレンジを加えて形にするんだ。いわば〝共同作業〟にすると効率がいいと思わないか？」

それを聞いた佑花は、唖然《あぜん》として言葉を失う。

彼の言っていることは、詭弁《きべん》だ。こちらに作品の原案を出させ、谷平がそれをアレンジするのなら、成果はすべて彼のものになってしまう。佑花は表情を険しくして口を開いた。

「何それ。わたしをアシスタントであるプランナーの地位に据え置いて、自分はその成果を引っ提《さ》げてプロデューサーになるってこと？　わたしのメリットは何もないじゃない」

「メリットならあるさ。俺はお前を公私共に大切にするつもりでいるし、ビジネス上だけではなくプライベートでも一緒にいたいと思ってる。よく同じ業界で働く夫婦が、互いに協力しながら事務所をやってたりするだろ？　ああいう感じになれたらいいって考えてるんだ」

要するにこちら側のメリットは〝谷平の恋人になり、公私共に一緒にいられること〟だとわかり、佑花はゾワリと怖気《おぞけ》が立つのを感じる。

あまりに身勝手な提案に、開いた口が塞がらなかった。自分と交際することをご褒美だと考えている彼のズレっぷりもさることながら、何よりそんな提案をこちらが承諾すると思っているところに怒りをおぼえる。

佑花は谷平を睨《にら》み、口を開いた。

「ふざけないで。そんな馬鹿げた話、わたしがのむと思ってるの？　もしかして周囲を利用して囲い込もうとしていたのも、そういう思惑があったから？」

「俺は沢崎の顔やスタイルは嫌いじゃないし、連れて歩いても恥ずかしくない女だって評価してるよ。俺ら、前の会社にいたときは一番仲よくしてたじゃん。つまりは気が合うってことだ」

そのときふいに、別の声が割り込んでくる。

「――沢崎、それに谷平。こんなところで一体何してるんだ？」

駅の方向から歩いてきたのは、打ち合わせから戻ってきたらしい市川だった。振り向いて彼の顔を見た谷平はパッと表情を切り替え、人好きのする笑顔で答える。

「お疲れさまです。森さんに同行したあと、忘れ物をしたのに気づいて会社に戻ってきたら、たまたま帰ろうとしている沢崎に会ったので飲みに誘っていたんです。よかったら市川さんも一緒に行きませんか？」

彼はニコニコと愛想のいい顔で、事実とは異なる説明をする。すると市川が眉をひそめて言った。

「俺には二人が、何だか揉めているように見えたけど。どういう話をしていたのか、詳しく内容を聞かせてもらっていいかな」

「別に何も揉めてはいないですよ。沢崎は昔から知っている俺には、いつも遠慮のない口調で話すんです。だから――」

自分たちの親しさをアピールしつつ、この場を上手く誤魔化そうとする谷平の言葉を遮り、佑花は口を開く。

「違います。わたしが帰ろうとして会社を出たら、ここで谷平くんに会ったんです。実は……」

先ほど彼に言われたこと、その〝提案〟の内容まですべて話すと、市川がどんどん厳しい表情になっていく。彼は谷平を見つめて言った。

「俺は一昨日、沢崎から相談を受けたんだ。谷平に外堀を埋められる形で交際を迫られている、前日にプランナーたちを巻き込んだ飲み会までセッティングされて、本当に嫌なんだだと」

「…………」

「前の会社で君たちがどんな関係だったのか、沢崎が辞めることになった経緯も聞いた。だからこそ谷平とは仲よくはできないし、不信感しかないんだって」

それを聞いた谷平が小さく息をつき、やれやれといった表情で言い返す。

「それは沢崎の誤解ですよ。ちょっとアイデアが被っていたのを、彼女が『自分のほうがオリジナルだ』っていう主張を曲げず、どんどん意固地になってしまったんです。でもコンペで賞を獲ったのは俺ですし、それって世間に正当に評価されたことになりますよね」

「あのな、谷平。先日沢崎から相談を受けたあと、俺は伝手《つて》を辿《たど》って君が前にいた会社に探りを入れたんだ。そうしたら、谷平が他の社員とトラブルを起こして辞めたという話が聞こえてきた」

思いもよらない発言だったのか、谷平がふと口をつぐむ。市川が言葉を続けた。

「どうやら人のアイデアを盗んだとか盗んでいないとかいう話で、君が逆切れのような態度で辞めたって聞いた。それは俺が数日前に沢崎から聞いた内容と酷似しているようだけど、どういうことなのか説明してもらっていいかな」

彼が谷平について調べていたのが意外で、佑花は驚いていた。

ただ話を聞いて事務所内で目を光らせてくれるだけでもありがたいのに、市川はプロデューサーとしての顔の広さを生かして情報を集めてくれたらしい。すると谷平が不貞腐れ、吐き捨てるように言った。

「俺は何も知りませんよ。リベレイトピクチャーズを辞めたのは、俺の才能に嫉妬していろいろ言いがかりをつけてくる連中がいたからです。事実無根なのに騒ぐのが鬱陶しくて、自分から辞めてやりました」

彼の言い分を聞いた佑花は、彼に向かって言った。

「ねえ、市川さんが聞いた話が本当なら、谷平くんがリベレイトピクチャーズを辞めた理由ってわたしにしたことと同じだよね。他の人のアイデアを盗んだってやつ」

「…………」

「この会社に転職してきたのは、どこかでわたしの転職先を知って『また利用してやろう』って考えたから？　でもわたしは中途入社してきたあなたと一切余計な会話をしないようにしていたし、パソコンやデスクのセキュリティにも気をつけていた。だから埒《らち》が明かなくなって、直接さっきの話を持ちかけてきたんじゃない？」

リベレイトピクチャーズで一緒に働いていた頃の谷平は、閃《ひらめ》きとセンスに長《た》けた将来有望なＣＭプランナーだった。

しかし佑花のアイデアを模倣しただけではなく、そのあとも他の社員に対して同じことをして会社を辞める羽目になったのなら、彼は既に才能が枯渇しているのではないか。

だからこそこちらを利用し、自分の立場を保とうとしているのではないか——そんなふうに考えながら佑花が谷平を見つめると、図星だったのか彼が顔を歪め、舌打ちしてつぶやいた。

「いつまでもアシスタントで芽が出ないくせに、偉そうな口を利くなよ。上の人間に色目を使ってちゃっかり庇《かば》われて、そういうことにしか能がないのか？　考えてみれば前の会社でも男性社員にばかり愛想がよかったし、そんなんだから一人前になれないんだろ」

「そんなことしてない。市川さんはただの先輩で、わたしは他につきあっている人がいるから」

びっくりして佑花が反論すると、谷平が皮肉っぽく笑いながら言う。

「お前はいつもそうだよな。女であることを利用して男にベタベタして、今もこうやって自分の味方につけてる。本当にムカつくよ」

ふいに腕をつかんで彼に強く引き寄せられ、佑花は息をのむ。

手首をつかむ手に力を込めながら、谷平がギラギラとした眼差しで言葉を続けた。

「なあ、お前のアイデアを俺がよりよい形にしてやろうってのに、一体何が不満なんだよ。女なんだから、男の後ろからついてくるのが当たり前だろ。それなのにクソ生意気な目をしやがって、いい加減身の程をわからせてやろうか」

市川が顔をこわばらせ、語気を強めて「谷平、やめろ」と言って制止しようとする。次の瞬間、谷平との間にスーツの腕が割り込み、佑花は驚きに息をのんだ。

こちらの身体を庇う姿勢で、明朗な声が言った。

「――一体何を揉めてるんですか。彼女に乱暴するなら、警察を呼びますよ」

スーツが似合う均整の取れた体形、見上げるほど背が高い男性は、日生だ。

マスクで顔半分を隠した彼がなぜここにいるのかわからず、佑花は呆然とつぶやいた。

「奨くん、どうして……」

突然割って入ってきた第三者に驚いたらしい谷平が、たじろぎながら問いかけた。

「だ、誰だよ、あんた」

「僕は佑花と交際している者です。こうして無理やり腕をつかむことや恫喝《どうかつ》は暴行罪になりますが、今すぐ警察を呼んでも構いませんか」

すると彼がパッと手を放し、取り繕うように言う。

「ち、ちょっと興奮しただけだろ。恫喝だなんてそんな、大袈裟な――……」

そこで日生の顔をまじまじと見つめた谷平が、目を丸くしてつぶやいた。

「えっ、日生奨？」

それを聞いた佑花は、「まずい」と考える。一体なぜ日生がここにいるのかわからないが、自分との関わりを知られては面倒だ。

そう思い、彼のスーツの裾を引っ張って「もう帰って」と言おうとした瞬間、ふいに二人組の男たちがやって来てカメラのシャッターを押した。

「日生八段、週刊Sの伊藤《いとう》です。少しお話を聞かせていただいてもよろしいでしょうか」

カメラマンらしき男はなおもこちらにカメラを向けようとしてきて、日生が佑花の前に立ちはだかって言う。

「すみません。彼女は一般の方ですので、どうか写真は撮らないでいただけませんか」

佑花の心臓が、ドクドクと音を立てる。

まさかマスコミの人間がやって来て突撃取材をされるとは思わず、どう対処すべきかわからなかった。下手な発言をして日生の足を引っ張るわけにはいかないと考え、その場で固まっていると、記者が彼に質問する。

「日生八段、インフルエンサーのふみのさん、そしてここにいる女性とのご関係を教えていただけますか」

「それは……」

「二人の女性と、同時進行でおつきあいされているということでよろしいでしょうか」

すると日生がマスクを外し、端整な顔立ちがあらわになる。

一同が目を瞠る中、彼は顔を赤らめることなく記者の顔を真っすぐに見つめ、口を開いた。

「僕が過去にふみのさんとおっしゃる方とおつきあいをしていたという事実は、一切ありません。明確に否定させていただきます」

「しかし――」

「僕がかつて交際していたのは彼女の姉であり、四年前に円満におつきあいを終了しているんです」

「お姉さん？　でしたらふみのさんは……」

記者の疑問に対し、日生が言葉を続ける。

「彼女がどういうつもりであのような投稿をしているのかという意図につきましては、僕のほうではわかりかねます。僕は現在こちらの女性と真剣に交際しており、事実と異なる話の流布や付き纏いに関しては非常に迷惑しておりますので、今後所属事務所と弁護士に対応してもらう予定です」

例の彼女の匂わせが事実無根であること、法的対応する用意があるという言葉に、記者とカメラマンが顔を見合わせる。

記者が日生に対し、確認するように問いかけた。

「今の日生八段の発言について、記事にしてもよろしいですか？　つまりふみのさんとは、まったくの無関係であると」

「構いません。ですが先ほども言ったとおり彼女は一般の人間で、僕自身もあくまでも棋士であり、芸能人ではありません。これ以上プライベートを詮索するのはお控えください」

冷静かつ断固とした言葉に、彼らが「はい」と答え、名刺を渡した上で、後日記事に関して改めて連絡すると言って去っていく。

佑花がホッと息を漏らしたのも束の間、日生は谷平に向き直ると、厳しい眼差しで問いかけた。

「さて、次はあなたにお伺いします。あなたは路上で話しているうちに激昂し、佑花の腕をつかんでいましたよね。一体どういうつもりで彼女に乱暴しようとしていたのですか」

「いや、あの」

しどろもどろになる谷平の横で、それまで成り行きを見守っていた市川が声を上げる。

「すみません、僕は沢崎と同じ部署でＣＭプロデューサーをしている、市川と申します。僕のほうから事情を説明させてください」

彼は佑花と谷平が以前働いていた会社で同期だったこと、佑花から聞き出したアイデアを流用してコンペで谷平が入賞したこと、しかし結局元の会社で再度他人のアイデアの盗用を行い、そのせいで退職したのを指摘された彼が逆上してつかみかかったのだと説明した。

市川の話が一段落したところで、佑花は彼の発言を補足する。

「それだけじゃないの。谷平くんはわたしにネタ出しをさせて、自分がそれをアレンジする〝分業〟にしようって持ちかけてきた。この人はもうオリジナリティとかアイデアが枯渇していて、わたしを利用することでプロデューサーになろうと考えてたみたい」

するとそれを聞いた谷平が舌打ちし、苛立った口調で言った。

「あーもう、うっせえなあ。有名な棋士とつきあってて、上の人間からも可愛がられてる自分はすごいってか？　お前のそういうところが、鼻についてたまんねーんだよ。日生さん、こいつ、会社でいろんな男に愛想よくして便宜を図ってもらってるんですよ。こんな尻軽よりいい女はたくさんいるんだから、さっさと別に乗り換えたらどうですか」

悔し紛れに佑花を侮辱する谷平を睨み、市川が語気を強めて「もうやめろ」と叱責する。

そして日生に向き直り、真剣な表情で言った。

「彼の沢崎に対する暴言や腕をつかむという行動に関しては、僕が責任を持って会社に報告して上に対応を仰ぐつもりでおります。まずは詳細な事実関係の確認をしたいと思いますので、この場は一旦収めていただいてもよろしいですか」

すると日生が、小さく息をついて応える。

「わかりました。僕は御社とのＣＭのお仕事の際に、外塚部長や上の方とも面識があります。連絡をお待ちしています」

彼は「ですが」と言って谷平に視線を向け、冷ややかに注げる。

「交際相手である僕の前で佑花を侮辱したのですから、谷平さんにはその代償をしっかり払っていただきます。あなたのように品性が下劣な人間には、きっと人の心に響くようなＣＭは作れないでしょうね。いくら誰かのアイデアを模倣しても、本物の才能には敵いませんから」

「……っ」

才能の塊のような日生に面と向かって言われたのがこたえたのか、谷平がぐっと言葉に詰まる。

日生が佑花に視線を向けて言った。

「佑花、行こう」

「う、うん」

佑花は市川に「失礼します」と頭を下げ、キャリーバッグを引いて歩き出す。すると日生が往来を走ってきたタクシーを手を挙げて止めた。

そして運転手にトランクに荷物を積んでもらい、自宅マンションの住所を告げる。佑花は改めて隣に座る彼に問いかけた。

「奨くん、どうしてあそこにいたの？」

「所用で外にいたから、自宅に戻らずに佑花を会社まで迎えに行こうと思ったんだ。ちょうど君からメッセージがきたときはタクシーを降りたところで、ビルに向かって歩いていると佑花と他の二人の姿が見えた」

彼らがいなくなるのを待ってから声をかけようと考えていた日生だったが、谷平が佑花の腕をつかんで何やら揉めている様子だったため、思わず割り込んだのだという。

日生が言葉を続けた。

「早く会って話がしたくて、迎えに来たんだけど。もしかして迷惑だったかな」

「ううん、そんなことない」

肝心の話をタクシーの中でするのは気が引けて、佑花はそれきり黙り込む。

そうするうちに疲れから眠ってしまっていたらしく、「佑花」と呼びかけられて目を覚ましたときには三十分ほど時間が経過し、彼のマンションに着いていた。ハッとした佑花は、慌てて居住まいを正しながら謝罪する。

「ごめんね、気がついたら寝ちゃってて」

「出張から帰ってきたばかりなのに、会社で仕事もしてたんだろ。疲れてて当たり前だよ」

タクシーの料金を精算し、マンションに入る。

二十一階にある日生の部屋は片づいていて、佑花は気まずくリビングの戸口に立ち尽くした。

「座って。今、お茶を淹れるから」

彼がキッチンに入っていき、ソファに腰を下ろした佑花は先ほど日生が記者に語っていた内容を思い出した。

(奨くん、あのインフルエンサーの女の人との関係を否定してた。一方的に付き纏われてるだけだって言ってたけど、本当なの?)

そうするうちに彼が冷たいお茶が入ったグラスを二つ持ってきて、テーブルに置く。そしてソファの隣に座り、佑花はそのタイミングで口を開いた。

「奨くん、さっきは谷平くんに乱暴されそうになっているところを助けてくれてありがとう。でもここ最近、わたしのこと避けてたよね? その理由は、このあいだの夜に一緒にいた人が原因?」

すると日生が、頷いて答えた。

「うん。先月の中旬くらいにあったハイブランドのパーティーで、ある人物に声をかけられたんだ。それは仲嶋史乃っていう女性で、今は〝ふみの〟っていう名前で美容系インフルエンサーをしてるらしい」

――彼は説明した。

かつて日生は仲嶋沙英子という女性と交際していたことがあり、史乃は彼女の双子の妹であること。沙英子はT大で物理学を研究する才媛で、交際は二年ほど続いたものの、彼女の留学を理由に別れたこと。

「沙英子とは話し合って円満に別れて、何の問題もなかった。でも彼女がアメリカに旅立ったあと、史乃が接近してきたんだ」

どうやら史乃はかねてから姉の恋人である日生を狙っていたようで、熱烈なアプローチをしてきたらしい。

メディアに〝イケメン棋士〟といわれて注目されていたことや経済力などに目をつけた彼女は、あの手この手で籠絡《ろうらく》しようとしてきたのだと彼は語った。

「彼女は実家で沙英子と同居していたときに俺の自宅の鍵をこっそり複製していて、それで勝手にマンションに入ってきた。びっくりしてすぐに鍵を付け替えたけど、今度は外で待ち伏せしたり、人目につくところで身体を密着させてきて、まるで彼女のように振る舞うようになった」

日生は断固として史乃を拒否したものの、彼女はこちらがあがり症であることを逆手に取り、次第に精神的に支配する方向にシフトしていったらしい。

「俺のあがり症を笑いながら揶揄した挙げ句、『奨みたいに気が弱い男には、私みたいにはっきりしたタイプが合ってるのよ』って言われるのが、苦痛でしょうがなかった。彼女の行動はエスカレートしていって、重要な対局があろうとお構いなしに押しかけてきたり、自宅のインターホンを三十分以上も鳴らされてドアをドンドン叩かれたりして、半ばノイローゼのようになった」

「そんな……」

あまりにひどい話を聞いた佑花は、思わず絶句する。

当時雑誌のモデルをしていたという史乃はプライドが高く、自分につれない態度を取る日生が許せなかったのかもしれない。もしくは頭脳明晰で自分とは正反対の姉にコンプレックスを抱いており、だからこそ彼女の元交際相手を手に入れようとしたのかもしれないと彼は語った。

「史乃の存在が影響したのか、俺は成績が低迷して将棋に勝てなくなった。集中力を欠いて常に疲弊していたし、それでC級まで落ちてしまったんだ。すると彼女は俺を悪《あ》し様に罵《ののし》るようになり、モラハラ的な言動で追い詰めてきて、正直もう限界だった」

出口の見えない状況に絶望していた日生だったが、やがて史乃は若手実業家と交際を始め、付き纏いが自然と収まったという。彼は「つまり」と言って、佑花を見た。

「俺と彼女が過去に交際していたことはないし、むしろトラウマを刺激する存在だ。もう二度と会いたくないと思ってたけど、パーティーで再会して以来、また付き纏われるようになった。自宅を特定したり、会館の前で出待ちをしたり、俺が食事で入った店に入店してわざと近くに座ったり」

「それをSNSに……?」

「うん。交際を匂わせるキャプションを載せた挙げ句、事前にスポーツ誌にリークして俺と一緒にいる写真を撮らせてた。交際をアピールして世間から注目されたいのはもちろん、今度こそ俺を物にするべく、じわじわと包囲網を作ってたみたいだ」

目的のためなら手段を選ばない性格の史乃に佑花の存在を知られれば、勝手に嫉妬して攻撃される可能性が高い。

そう考えた日生はあえて距離を置いたのだと説明し、佑花に向かって頭を下げてきた。

「俺の行動で、佑花を傷つけてごめん。月曜の夜に六本木で会ったときは、会食のあとに待ち伏せていた彼女に纏わりつかれていたところだったんだ。佑花が俺の彼女だって知られたくない一心で無視してしまったけど、距離を置かれてる状態であんな態度を取られたら『他に女がいるから冷たくなったのか』とか、『自分と別れたいのか』って考えて当然だよな。しかもあんな記事が掲載されたら、もう確定だと解釈して当たり前だ」

「……うん」

「でも俺は佑花が好きで、これからもつきあっていきたい。今回の件は、自分のみっともない過去を君に知られたくないという自己保身も多大にあったと思う。史乃を上手くあしらえずに病んで対戦成績まで落とすなんて、全然男らしくないから」

佑花は日生を見つめ、語気を強めて言った。

「そんなことないよ。彼女でもない人にしつこく付き纏われた挙げ句、モラハラめいた言動を繰り返されたら、追い詰められて当たり前だと思う。しかもそのせいで数年間成績が低迷するなんて」

「うん。彼女が現れなくなったあとも、『また来るかもしれない』っていう強迫観念がなかなか消えなくて、立ち直るのにだいぶ時間がかかってしまった」

やるせなく笑う彼を前に、佑花の胸がぎゅっと強く締めつけられる。

対外的には冷静沈着で切れ者のイメージがある日生だが、実際の彼はとても繊細だ。あがり症は幼少期からのコンプレックスだといい、それを嘲りながら「あなたには私のようにはっきりした性格の人間が合っている」と告げるのは洗脳に近く、佑花は史乃に対して怒りをおぼえる。

「わたし……その人が許せない。相手の気持ちも都合も何も考えず、ただ自分の意志を押し通そうとするなんて」

「うん。知り合いに探りを入れてみたら、彼女は最近例の若手実業家と破局したみたいだ。我儘な上に高額なものをねだるし、この一年ほどはしつこく結婚を迫り続けて嫌がられたらしい。相手は史乃以外にもつきあっている女性が何人かいて、それを調べ上げた彼女が嫌がらせをし、女性側から訴えられる寸前だって」

確かにその話を聞くと、日生が史乃に佑花の存在を隠そうとした気持ちがよくわかる。

そんなふうに考えながら、佑花は再度口を開いた。

「今の話を聞いて、奨くんの事情は理解できた。トラブルメーカーの女性からわたしを守ろうとしてくれたことや、過去のトラウマを知られたくなかったことも……。でも、できれば全部話してほしかったよ。だって奨くん、その人のことでだいぶ神経を擦り減らしてたんじゃない？　ちょっと痩せたように見えるし」

「それは……」

「わたしたち、つきあってるんだよね？　もし奨くんが何か困っていたり、しんどいと思うときは、わたしが支えてあげたい。実際には何の解決にもならないかもしれないけど、話を聞いたり手を握ってあげることはできるよ。それだけで、少しは気持ちが軽くなるかもしれないでしょ」

佑花の言葉を聞いた彼が、目を伏せる。そして迷う口調でつぶやいた。

「……そうかな」

「逆に考えてみて。さっきわたしと谷平くんが揉めてるのを見たとき、奨くん、『この男のことで悩んでるなら、相談してくれればよかったのに』って思わなかった？」

「うん」

「それと一緒。っていうか、わたしも自分の悩みを奨くんに言えなかったんだから、おあいこだよね。前の会社でアイデアを盗作されて、コンペで賞を獲れずに逃げるように退職したことは……情けなくて話せなかった。奨くんとわたしの差が、明確になってしまう気がして」

するとそれを聞いた日生が顔を上げ、困惑した様子で言う。

「俺と佑花の差って何？　俺は世間で見られているほど、たいした人間じゃないよ。メンタルが弱いし人と話すのに緊張するし、頭の中で将棋を指すことでどうにか上手く取り繕えているだけだ。だからそんなふうに線を引かないでほしい」

彼は「それに」と言い、言葉を続けた。

「君のアイデアを盗作した男がコンペで賞を獲ったのなら、それを考えた佑花に才能があるってことだ。俺は佑花がいつかすごいCMを作って、正当に評価される日がくるって信じてるよ」

確信に満ちた口調で言われ、佑花は面映ゆい気持ちになる。

日生のように己の才能だけで上にいっている人間にそんなふうに評価されて、うれしかった。

佑花はチラリと笑い、口を開いた。

「そうだね。……自分を卑下するのは、もうやめる」

「うん。ズルをせずにコツコツと努力を積み重ねている佑花なら、きっと結果を出せるよ。それと史乃のことだけど、これから契約する予定の事務所に対応してもらおうと思ってるんだ。記者には俺が話したとおりのことを記事にしてもらうから、彼女は世間的に恥をかくと思う」

それを聞いた佑花は心配になり、つぶやいた。

「そのことだけど、記者には本当のことを話さなくてもよかったんじゃないかな。わたしとつきあってるって」

日生の交際相手が芸能人ではなく平凡な一般人である事実は、世間の好奇心やファンの反感を煽るのではないか。そんなふうに思う佑花の手を握り、彼が言った。

「俺は佑花とつきあっていることを、恥ずかしいとは思わない。今までは世間に注目されるのが嫌でコソコソ家にこもっていたけど、それで佑花に我慢をさせたりするのはもう嫌なんだ。俺はあくまでも芸能人じゃなくて棋士だと思ってるし、逃げ隠れせず堂々としたい」

日生が「だから」と言って握る手に力を込め、微笑んで告げる。

「これからは普通のカップルみたいに、一緒に外に出掛けよう。買い物したり食事をしたり、旅行に行くのもいいかもしれない。多少はマスコミがうるさいかもしれないけど、佑花の顔は絶対に流出しないように事務所に対応してもらうから、安心して」

それを聞いた佑花は、心が浮き立つのを感じる。

今までは彼との関係を知られてはいけないと思い、互いの自宅を行き来するだけでいいと考えていた。だが世間一般のカップルのようにデートができるなら、こんなにうれしいことはない。

佑花は笑い、日生の顔を見つめて言った。

「すごく楽しみ。わたし、撮影であちこちに行ってるから、旅行でも案内できるよ」

「俺も棋戦の本戦をいろんなところでやるから、結構詳しいほうだと思う」

じんわりと面映ゆさがこみ上げ、佑花は彼と一緒に旅行に行くことを具体的に想像する。

たとえ近場でも、泊まりがけでどこかに行けるだけで楽しいに違いない。そんなふうにワクワクする佑花に、日生が改めて告げた。

「俺は特殊な仕事をしているし、今後もさっきみたいにマスコミに声をかけられることがないとは言いきれない。一緒にいて、佑花が戸惑うこともあると思う」

「……うん」

「でも俺はどんなときでも君の盾になろうと決めているし、不誠実な行動は一切しないつもりだ。だからこの先も、ずっと恋人でいてくれないかな」

その眼差しは真摯で、佑花の胸がじんと震える。

出会ったときから一貫して、日生は真面目で誠実な印象だ。実はあがり症だと知ったときは驚いたものの、怜悧《れいり》な印象なのに純朴な素の顔にきゅんとし、情けないと思ったことは一度もなかった。

対局中の静かで研ぎ澄まされた雰囲気はゾクゾクするほど恰好よく、棋士としての実力や明晰な頭脳に尊敬の念を抱いている。加えて彼は芸能人並みに端整な容姿の持ち主で、整った顔立ちや長い手足、アスリートのようにしなやかな体形に見惚れるばかりだ。

そんな日生に、佑花は恋人として愛情を抱いている。佑花は自分の手を握る日生のそれを逆に握り返し、強く力を込めて言った。

「会わなかったあいだ、すごく不安だった。いきなり距離を置かれた理由がわからなくて、奨くんは芸能人とかいろんな業界の人と出会いがあるから、そういう人と比べてわたしはどうでもよくなっちゃったのかなとか、やっぱり釣り合わなかったのかなとか、そういうことを考えて」

「それは……」

「でも、卑屈になるのはもうやめる。奨くんの素の顔を知っていて、誰よりも好きでいるのはわたしなんだもの。たとえふみのさんがまたやって来て奨くんに絡んだとしても、心配しなくていいよ。わたしがきっぱり撃退するから」

するとそれを聞いた日生が噴き出し、楽しそうに言う。

「それは頼もしいな」

「その人だけじゃなく、どんなストーカーが来たって負けないから。たとえ相手が逃げても、高校時代の部活と日々のジョギングで鍛えたこの足で追いかけて追い詰めるつもり」

佑花の意気込みを聞いた彼は面映ゆそうな表情になり、握ったままのこちらの手を自身の口元に持っていきながら答える。

「佑花を危険な目に遭わせるくらいなら、俺がしっかり対応するよ。気持ちだけありがたくもらっとく」

「でも、その人のことは根深いトラウマなんでしょ？　だったら——」

「君以上に大切な人間はいない。佑花を守るためなら、あらゆる手段を使って戦うつもりだ。まずは史乃の鼻をへし折ってやらないとな」

日生が「でも」と言い、佑花の目を見つめて言葉を続ける。

「今はどうしても佑花に触れたい。駄目？」

「えっ」

「自業自得とはいえ、もう半月も君に触れてないんだ。飢餓感で死ぬ」

思いがけず直球でそんなことを言われ、佑花の顔がかあっと赤らむ。

だが本当は、こちらも同じ気持ちだ。顔を見ると胸がきゅうっとし、「やっぱり好きだ」と思う。彼の気持ちが自分にあるとわかった途端、その手に早く触れられたくてたまらなくなっていた。

佑花はドキドキと高鳴る胸の鼓動を意識しつつ、ひそやかに告げた。

「いいよ。──わたしも奨くんと、同じ気持ちだから」


「あ……っ」

寝室に足を踏み入れるなり身体を引き寄せられ、上から覆い被さるように口づけられる。

舌がぬるりと絡んだ途端にスイッチが入り、佑花は日生の口づけに応えた。ぬるぬると絡ませ、蒸れた吐息を交ぜる行為に官能を刺激されて、もっと欲しい気持ちがこみ上げる。それは日生も同じようで、抱きすくめて首筋に唇を這わされた佑花は喘いだ。

「は……っ」

彼の唇が敏感な首筋をなぞり、かすかな吐息と髪がくすぐったくて思わず首をすくめる。

だが自分が暑い長崎から帰ってきたばかりなのを思い出し、佑花は慌てて日生を押し留めた。

「あの、奨くん。わたし、汗かいたからシャワーを浴びたくて……」

「佑花はいつもそればっかりだな。まあ、ちょっとしょっぱいかなとは思うけど」

「や、やめてよ」

必死に抵抗する佑花だったが、日生に大胆に首を舐められ、「あっ」と高い声を漏らしてしまう。

すると彼の舌がぬるぬると肌を這い、ゾクリとした感覚がこみ上げた。恥ずかしいのに感じてしまい、脚の間が熱くなるのがわかって、佑花は吐息を漏らす。

「はぁっ……ぁ、っ」

その声で欲情を刺激されたのか、日生が佑花の手を引いてベッドに向かう。

そして腰を下ろした脚の間にこちらを立たせ、優しく命令した。

「――佑花が自分で脱いで」

「……っ」

かあっと頭に血が上ったものの、普段は優しい彼にこんなふうに言われるのは逆に興奮し、佑花は着ていたネイビーのジャケットと白いVネックのカットソーを脱ぐ。

裾をロールアップしたカーキ色のパンツも脱ぎ捨てると、淡いラベンダー色の下着姿になり、おずおずと問いかけた。

「あの、これも？」

「いや。……おいで」

ベッドの縁に座る日生の腰を跨ぐ形で座らされ、佑花はドキリとして息をのむ。

彼がこちらの胸の谷間にキスをしてきて、ピクリと身体が震えた。ブラに包まれたふくらみを揉みつつ肌をついばまれ、心臓の鼓動が速まっていく。

やがて日生の手が背中のホックを外し、一気に締めつけが緩んだ。ブラを取り去って床に落とした彼は、あらわになったふくらみをつかんで先端に吸いついてくる。

「あ……っ！」

音を立てて吸われた瞬間、じんとした愉悦がこみ上げて、佑花は息を乱す。

舌先で乳暈をなぞられると敏感なそこはみるみる反応し、先端が芯を持って勃ち上がった。ちゅくちゅくと吸われ、むず痒《がゆ》さに似た感覚に佑花の身体がわずかに逃げを打つと、日生がこちらの肘を後ろからつかんできて胸を突き出す形にさせる。

「ぁっ……はぁっ……あ……っ」

後ろ手に肘をつかんで上半身を抱きすくめられ、逃げ場のない姿勢で胸を吸われるのはひどく興奮して、佑花の肌がじんわりと汗ばんでいく。

左右の胸の先端を代わる代わる愛撫しながら彼が視線だけを上げてこちらを見てきて、熱を孕んだ眼差しにゾクゾクした。こうしているときの日生は将棋を指しているときとも素の顔とも違い、男っぽさを感じさせて、佑花の中の官能を強く刺激する。

「はぁっ……奨くん……っ」

「ん？」

「わたしも奨くんに触りたい……ぁっ、触らせて……？」

すると彼がこちらの腕を解放し、佑花はその身体を仰向けに押し倒す。

そしてネクタイを解き、ワイシャツのボタンをひとつひとつ外していくと、引き締まった上半身があらわになった。

（奨くんの身体、やっぱりすごい。パッと見は細身に見えるのに、筋肉質できれい……）

身を屈めた佑花が胸元にちゅっと吸いついた途端、日生の身体がピクリと震える。

精悍《せいかん》な男性を組み敷いて好きにできるのは優越感があり、佑花は手のひらと唇で心ゆくまでその筋肉を堪能した。臍の辺りを舐めると股間が隆々と兆しているのがわかり、ベルトを外す。

（わ、おっきい……）

スラックスの前をくつろげて下着を引き下ろしたところ、弾むように剛直が飛び出てきて、思わず息をのむ。

それは先端が丸く、くびれの下の幹には太い血管が浮いていて、卑猥な形をしていた。張り詰めたものに触れてみるとじんわりと熱く、鋼のように硬い。

佑花は横髪を耳に掛けて幹をつかむと、先端部分に舌を這わせた。亀頭の丸みを舐め、鈴口をくすぐる動きに、日生が息を吐く。

先端はゴムのような感触で弾力があるものの、竿《さお》の部分は人体であるのが信じられないくらいに硬くなっており、手でしごくとかすかに震えた。深く咥《くわ》え、切っ先を喉の辺りまで迎え入れる佑花の頭を、彼がふいに両手でつかんできた。

「んぅっ……」

そのままやんわり喉奥まで昂りを入れられ、佑花は圧迫感に呻く。

何とか歯を立てないように舌で屹立を包み込むと、日生が佑花の頭を動かし始めた。

「うっ……んっ、……ふ……っ」

口腔を犯され、切っ先が喉に当たるたびに押し殺した声が漏れる。

目にじんわりと涙が浮かび、その硬さと太さが苦しいのに、やめてほしくない。やがてどのくらいの時間が経ったのか、必死に幹に舌を這わせていた佑花の口腔から剛直が引き抜かれていった。

「ぁ……」

透明な唾液が糸を引いて滴り落ち、涙目で息を乱す佑花の腕がふいに強く引っ張られる。身体を抱き寄せ、こちらの後頭部をつかんだ日生が激しく唇を塞いできた。

「ん……っ」

彼の舌が口腔を蹂躙し、佑花はなすすべもなくそれを受け止めた。

ぬるぬると絡ませられる感触が性感を煽り、キスをしたまま涙目で目の前の日生を見つめると、ふいに彼の手が臀部に触れる。

「……っ」

下着の中に入り込んだ手が後ろから花弁を割ってきて、佑花はくぐもった声を漏らした。

溢れ出た蜜で花弁はしとどに潤んでおり、指をわずかに動かされるだけで淫らな水音を立てる。

蜜口に日生の指先が浅くめり込み、そこをくすぐるようにされて、隘路の奥がきゅうっと窄まった。

「ぁ、奨くん……っ」

「濡れてる……フェラしながら興奮してた?」

「だって……っ」

抱き合うのが久しぶりなのだから、興奮しないわけがない。

しかも「もしかしたら別れるのかもしれない」と考えていたのが一転、これからもつきあえることになって、以前にも増して敏感になっている気がする。すると彼が笑い、ぐっと指を深く埋めながらささやいた。

「普段は明るくてそんなそぶりはまったく見せないのに、ベッドでの佑花は積極的で反応が素直だよな。いやらしくて、すごく可愛い」

「んん……っ」

硬い指が隘路に埋まっていき、佑花は強い異物感をおぼえる。

潤沢に濡れているせいで痛みはなく、内壁をなぞられることにじんわりと快感をおぼえて、目の前の日生の首にしがみついた。

「あっ……は、っ」

彼の腰を跨ぐ姿勢で身体を密着させ、指で中を穿たれて、佑花は切れ切れに声を上げる。

粘度のある水音が立つのが恥ずかしくて力を込めるものの、日生の動きは止まない。何度も抽送され、中でぐっと指を曲げられて、佑花は背をしならせて呆気なく達した。

「あ……っ！」

隘路が不規則にわななき、奥から熱い愛液が溢れ出して日生の腰を濡らす。

ぐったりと脱力すると彼が体勢を変え、佑花の身体をベッドに横たえた。そして大きく脚を開かせると、たった今達したばかりの秘所に舌を這わせてくる。

「やぁっ……！」

花弁を開き、赤く充血した蜜口に舌先を入れて中を舐められる。

溢れた蜜を啜りながら浅いところを舌でくすぐられ、佑花の腰がビクビクと跳ねた。何とか日生の頭を遠ざけようとするものの、その手を強く握り込まれ、なおも熱心に舌で愛撫される。

「あっ……はぁっ……ぁ……っ」

弾力のある舌が生き物のように秘所を這い回り、蜜口だけではなく敏感な花芽まで嬲ってきて、佑花は快感に翻弄される。

背すじがゾクゾクするのが止まらず、身体が無意識に逃げを打った。それを引き戻してさんざん感じさせられ、ぐったりしたところでようやく日生が身体を起こす。

ベッドサイドの棚に手を伸ばした彼は、引き出しから避妊具を取り出すとそれを自身に装着した。そして佑花の上に覆い被さり、胸のふくらみをつかんで先端に吸いついてくる。

「ぁ……っ」

強く吸い上げられると痛みと紙一重の快感があり、そこがじんと疼く。

腰の辺りには避妊具を纏った硬い屹立が当たっており、胸を嬲られて喘ぐ佑花はそれが気になって仕方がなかった。

(どうしよう、早く欲しいのに……っ)

身体の奥がきゅんとし、早く日生と繋がりたくてたまらない。

そんなふうに考えながら足先でベッドカバーを掻いた佑花は、太ももで彼の身体を強く挟み込み、日生の頭に触れてささやいた。

「お願い、もう挿れて……」

「――……」

すると彼が胸のふくらみにキスをして答えた。

「俺としては、もっと佑花の身体を可愛がりたいんだけど」

佑花が「も、もう充分だから」と訴えたところ、日生を取り巻く雰囲気がわずかに変わる。

上体を起こした彼が充実した昂りをつかみ、花弁にあてがった。それはずっしりとした質量があり、硬く張り詰めていて、蜜口が期待にヒクリと蠢く。

「んぁ……っ!」

切っ先がめり込んだと思った瞬間、一気に奥まで貫かれて、佑花は息をのむ。

圧倒的な大きさが根元まで埋められるのは息が止まりそうなほどの衝撃で、眼裏に火花が散った。佑花の腰を両手でつかんだ日生が律動を開始し、容赦のないその動きに翻弄される。

「あっ！　……はぁっ……んっ……ぁ……っ！」

何度も奥を突かれ、そのたびに亀頭が子宮口を抉って、中がビクビクとわななく。

こちらを見下ろす彼は余裕のない顔つきをしており、全力で欲しがっていることがその眼差しから伝わってきて、胸がきゅうっとした。

（ああ、わたし、やっぱり奨くんが好き……）

誰もが知っている有名人で、見惚れるような容姿の持ち主である日生が、自分を好きでいてくれる。

その事実がうれしく、とてつもない幸せに思え、今にも想いが溢れ出してしまいそうでたまらなくなった。彼が大切にしてくれるように、こちらも同じだけの気持ちを返したい。そんなふうに考えながら日生の腕に触れた佑花は、切れ切れに訴えた。

「ぁっ……奨くん、好き……っ」

「俺もだよ。佑花の全部を独占したい」

彼は律動を緩めないままこちらの上半身を抱き込み、ふいに思わぬことを言った。

「佑花は可愛いのに鈍感なところがあるから、心配で仕方ない。あのプロデューサーが君のこと好きなの、気づいてないだろ」

「えっ？　ぁ……っ」

言われた内容に驚いたのも束の間、身体を密着させて激しく突き上げられ、佑花は喘ぐ。

打ち込まれる楔は硬く張り詰め、その大きさが苦しいのに、切っ先が触れると怖いくらいに感じるところがあって声を我慢することができない。

気がつけば全身が汗ばんでおり、それは日生も同様だった。息荒く突き上げてくる彼はゾクゾクするほど色っぽく、佑花は日生の身体にしがみつきながら訴える。

「……っ……ぁっ、気持ちい……っ」

「……ここ？」

「んぁっ、は……っ」

感じるところばかりを狙い澄まして抉られ、佑花はビクッと身体を震わせて達する。

しかし彼はますます中を穿ってきて、息も絶え絶えにその腕をつかんだ。

「……っ、待っ……」

「佑花の中、ぬるぬるだ。狭いのに奥まで入るし、激しくしても痛くないだろ」

「あっ、あっ」

力強い律動で佑花を啼かせたあと、日生は一旦自身を引き抜き、こちらの身体をうつ伏せにする。

そして腰を上げさせ、後ろから再び中に押し入ってきた。

「うぅっ……」

「はっ、きつい……」

根元まで肉杭を埋められると切っ先が奥にめり込み、息が止まりそうな感覚に佑花は小さく呻く。

顔が上気して目に生理的な涙が浮かんでいるものの、決して嫌ではない。もっと彼を感じたくてたまらず、意識して体内の剛直を締めつけると、日生が熱い息を吐いてつぶやいた。

「――動くよ」

背後から何度も腰を打ちつけられ、佑花は手元のベッドカバーをつかんで衝撃に耐える。

屹立が内壁を余さず擦り上げ、それに反応した柔襞がゾロリと蠢くのが心地いいのか、彼がときおり感じ入った吐息を漏らした。

それに気持ちを煽られて自ら腰を揺らすと、日生がこちらの背中に覆い被さって胸のふくらみを揉みしだいてくる。

「ぁっ……はっ」

彼の大きな手の中でふくらみがたわむのが淫靡で、先端を指で弄られると体内の屹立を強く締めつけてしまう。

何をされても気持ちよく、佑花は日生がもたらす快楽に乱された。やがて彼がこちらの肩甲骨に口づけつつ、問いかけてくる。

「……そろそろ達っていい？」

頷いた瞬間に一気に律動を速められ、佑花は切れ切れに喘いだ。

甘い愉悦がどんどん身体の奥にわだかまっていき、今にもパチンと弾けそうになる。肌同士がぶつかる音と互いの荒い吐息が響く室内の空気は濃密で、日生の額から滴った汗が背中に落ちるのがわかった。

「あっ……はぁっ……ん……っ……ぁ……っ！」

ずんと深く突き上げられ、佑花はビクッと身体を震わせて再び達する。

それとほぼ同時に彼も息を詰め、薄い膜越しに欲情を吐き出した。二度、三度と奥を突かれ、そのたびに吐精されているのを感じる。

「……あ……」

日生が深く充足の息を吐き、ようやく止んだ律動に佑花はぐったりと脱力した。

心臓が早鐘のごとく脈打ち、身動きするのが億劫《おっくう》なほどの倦怠感が全身に広がっていく。まだ中に挿入ったままの楔を絶頂の余韻に震える内襞がゾロリと舐め、彼が吐息交じりの声でつぶやいた。

「駄目だ。――全然足りない」

「えっ……？　あっ」

肉杭を引き抜いた日生が蜜口から指を挿入してきて、佑花は驚いて声を上げる。

そのまま激しく抽送され、収まりかけた快楽を呼び覚まされながら、彼の肩をつかんで言った。

「奨くん、待っ……」

唇を塞がれ、熱っぽく舌を絡ませられて、佑花はくぐもった声を漏らす。

指を挿れられた隘路からは聞くに堪えない水音が立ち、不規則にわななきながら締めつけていた。ぬめる柔襞を捏ねられ、再び愛液がにじみ出す。唇を離される頃には最奥が疼いていて、佑花は吐息が触れる距離でささやいた。

「今度は、わたしにさせて……」

そう言って日生の身体を押し倒した佑花は、彼の性器に新たな避妊具を装着する。

そしてその腰を跨ぎ、昂りの切っ先を蜜口にあてがうと、ゆっくりと腰を下ろした。

「ん……っ」

ぬかるんだ秘所に亀頭が埋まり、幹の部分をじわじわとのみ込んでいく。

二度目とは思えないほど充実した屹立が内壁を擦りながら奥へと進み、根元まで受け入れると、密着した襞がその太さと硬さをつぶさに伝えてきた。

「はぁっ……」

受け入れた剛直は確かな質量があり、内臓がせり上がるような圧迫感をおぼえる。

それを膝で上手く逃がしながら、日生の胸に手をついた佑花は腰を揺らし始めた。

「あっ……んっ……あ……っ」

内壁が肉杭と擦れ合い、甘い快感が湧き起こる。

見下ろした彼は快感を押し殺した顔をしており、自分が彼を感じさせているのだと思うと悪い気分ではなかった。むしろもっと乱れさせてやりたくてたまらず、佑花はより淫らに腰を揺らす。

「……っ、は……っ」

日生が熱い息を吐き、こちらの太ももに触れてくる。

しばらく佑花の好きにさせたあと、彼はこちらを見上げて思わぬ提案をした。

「佑花、後ろに手をついて」

「えっ？　でも……」

そうすると繋がっている部分があらわになってしまうため、かなり恥ずかしい。

日生に見られてしまうのを想像し、思わずかあっと顔を赤らめたものの、彼の期待に応えたい。

そう結論づけた佑花は、それまで日生の胸に触れていた腕を後ろについた。すると身体がのけぞる体勢になり、大きく開いた脚の間の接合部があらわになって、ますます羞恥が募る。

（どうしよう、すっごく恥ずかしい。でも……）

彼の目が繋がっているところを注視しており、その視線を意識した隘路がきゅうっと窄まる。

日生が吐息交じりの声で言った。

「すごいな。佑花のいやらしいところが、よく見える」

「……っ」

「そのまま腰を動かせる？」

上気した顔で頷いた佑花は、言われるがままに腰をグラインドさせる。

動き自体はそう大きくはないものの、彼の目には体内を出入りする屹立が見えているはずで、佑花は羞恥と興奮が入り混じった気持ちを味わいながら声を上げた。

「ぁっ……はぁっ……あ……っ」

愛液でぬめる接合部から粘度のある水音が立ち、佑花の身体がじんわりと汗ばむ。

中を行き来する剛直は硬さを増していて、日生もこの状況に興奮しているのだと思うとドキドキした。腰を動かすうちに呼吸が乱れ、甘い愉悦が絶え間なくこみ上げてくる。

中を太いもので擦られるのが気持ちよく、いつしか大胆に腰を動かしていると、日生が腹筋を使って上体を起こした。

「あ……っ」

向かい合う形になった彼が、佑花の後頭部をつかんで唇を塞いでくる。

ぬるぬると舌を絡ませながら喉奥まで探られ、佑花はそれを受け入れた。入り込む角度が変わった楔がいいところを抉り、思わずきゅうっと締めつけると、唇を離した日生が欲情を押し殺した目でささやく。

「ここまで俺を骨抜きにして、どうするんだ。——もう手放せない」

「んぁっ！」

腰を押さえて下からずんと深く突き上げられ、佑花は高い声を上げる。

必死で目の前の日生の肩につかまるものの、激しい律動は止まず、上擦った声で言った。

「やっ、深い……っ」

「全部挿入ってるから。奥のいいところに当たるだろ」

「あっ……！」

対面座位の姿勢で何度も激しく楔を打ち込まれ、佑花は嬌声を上げる。

鮮烈な快感が次々と押し寄せて、思考がままならない。彼が律動を緩めないまま肩口に強く吸いつき、ツキリとした痛みと共にそこに所有の証を刻まれた。

やがてベッドに押し倒され、上体を抱きすくめられて息をのむ佑花の耳元で、日生がつぶやく。

「くそっ、もう達く……っ」

「あ……っ！」

身動きできない体勢で激しさを増した律動を受け止めながら、佑花は嵐のような快感に耐える。

ずんずんと突き上げられるたびに眼裏に火花が散り、ただ声を上げることしかできない。上に覆い被さる彼の身体はみっしりと重く、体内を穿つものもこれ以上ないほど張り詰めていて、切っ先が奥を抉るたびに肌が粟立った。

(気持ちいい……あ、もうきちゃう……っ)

内壁が不規則にわななき、佑花は限界が近いのを悟る。

やがて感じやすいところを抉られた瞬間、頭が真っ白になるほどの快感が弾けて、佑花は達していた。

「あ……っ！」

隘路が痙攣《けいれん》し、中にいる剛直をきつく締めつける。

するとそれに煽られた日生がぐっと息を詰め、最奥で射精した。

「……っ」

薄い膜越しでも熱い飛沫が放たれるのがわかり、佑花は眩暈がするような愉悦を味わった。

全身が心臓になったかのようにドクドクと脈打ち、呼吸が荒くなっている。日生の汗ばんだ身体を抱きしめると、彼が顔を寄せ、唇を塞いできた。

「ん……」

先ほどまでの激しさとは一変し、快楽の余韻を分け合うようなキスは穏やかで、佑花はその甘さに陶然とする。

ゆるゆると舌を舐め合ってようやく唇を離すと、満たされた気持ちでいっぱいだった。日生がこちらの乱れた髪を撫で、謝罪してくる。

「佑花の都合も考えず、二回もしちゃってごめん。明日も仕事なんだろ」

「そうだけど、いいよ。わたしもしたかったから」

こちらの身体を抱き寄せた彼が髪に鼻先を埋めてきて、頬に触れる素肌のぬくもりに佑花はじんと面映ゆさをおぼえる。

すると日生が「さっき言ったことだけど」と口を開いた。

「佑花との関係を世間に隠すつもりはないって言ったの、本気だから。これからは過剰にコソコソせず、外に出掛けよう」

「でも奨くん、今日はマスコミの人に後をつけられてたんだよね？　もしまたそういうことがあったら……」

「俺の本分は棋士だから、プライベートを過剰に詮索しないように事務所や連盟から通達してもらう。佑花も芸能人ではないわけだし、コンプライアンスにうるさい今なら不倫でもしないかぎり、しつこい取材はされないはずだ」

だが一般人の目があるため、一緒にいるときは互いにマスク装着が必須になると申し訳なさそうに言われた佑花は、笑って言った。

「それくらい、別に何でもないよ。一緒に出掛けられるのうれしい」

「夜のジョギングとかも、一緒に行けたらいいな」

「うん。それより奨くん、あがり症が直ったんじゃない？　記者の対応をしてるときも、谷平くんと話してるときも、まったく赤面してなかったし」

するとそれを聞いた日生が目を瞠り、信じられないというようにつぶやいた。

「そうかな。あのときは頭の中で将棋を指す余裕はなくて、とにかく目の前の対応をするのに一生懸命だったんだけど」

「きっと直ったんだよ。記者に毅然と対応して、わたしと『真剣に交際してる』って言ってくれて、うれしかった。それに谷平くんにもきっちり言い返してくれてたし、すごく頼もしいと思ったよ」

長年のあがり症がそう簡単に直るわけがなく、彼の言うように目の前の対応に一生懸命だっただけかもしれないが、佑花は日生に自信をつけさせるためにあえて明るくそう告げる。

すると彼が微笑み、にじむように微笑んで言った。

「そうかな。……そうだといいな」

明日も仕事な上に出張の荷物があるため、佑花の中に「早く帰らなければ」という思いが募る。

それでも日生とこれからどこに出掛けたいかを話し合うのは楽しく、いつしか夜も更けていた。

やがて佑花がうとうとし始めると、彼がこちらの身体を抱き寄せて言う。

「明日の朝、早めに起こして送っていくから、このまま寝ていいよ。何時に起きる？」

「……六時……」

答えながら、佑花は日生の体温に包まれて幸せな気持ちになる。

この半月ほどのあいだは、ずっと不安な気持ちで過ごしてきた。だがもう彼と別れるのを心配しなくていい――そう思うとこの上なく安堵して、目の前の素肌に頬を擦り寄せて言った。

「好き、……奨くん」

「俺も好きだ。――おやすみ、佑花」

エピローグ

ＣＭ制作の本編集は、制作フローにおける最終工程だ。

全体的な色彩のトーンを決める色調整《カラーグレーディング》を行ったあと、数日がかりで作業をする。

短い時間で必要な情報を伝えなければならないＣＭは、ひとつのカットに対する作業量が多く、さまざまな専門職の人間が関わり、レタッチや各種合成などの他、細かなクオリティ管理まで多岐に亘る。編集室で完成版を視聴した佑花は、感嘆の息を漏らした。

「いい仕上がりですね。切り口や見せ方が垢抜《あかぬ》けてますし、森さんらしいテイストに仕上がっています」

「な。俺もそう思う」

四十代の男性プロデューサーの森がそう言って、満足げに自画自賛する。

このあとはクライアントへの試写という流れになるが、容量の大きいデータを扱うため、使用するＰＣのスペックやサーバーなどを含めた作業環境の確認を取らなければならない。

企画演出部のオフィスに戻りながら、佑花はこのあとの仕事の段取りを考えた。プロデューサーの錦戸の長崎でのCM撮影は先週終わり、今は仮編集の真っ最中だ。佑花は市川の案件にも携わっているため、グローバル事業部にいくつか確認しなければならないことがある。

オフィスに戻ると、電話をしている者や資料を手に何やら話し合っている者たちがいて、ひどく活気があった。しかしその中に、谷平の姿はない。二週間前に佑花と揉めた翌日、あの場に居合わせた市川は部長である外塚に彼の一連の行動について報告したらしい。

外塚に呼ばれて事情を聞かれた佑花は、すべて包み隠さず話した。以前勤めていた会社で谷平にアイデアを模倣されたことに始まり、コンペ作品の制作の打ち合わせに勝手に顔を出したこと、イーサリアルクリエイティブに転職してきてからはこちらを囲い込むような発言を繰り返していたことなどを伝えると、外塚の眉間の皺は深くなっていった。

極めつきがあの夜の発言で、こちらにネタ出しをさせて谷平が仕上げる〝分業制〟を提案され、断ると腕をつかんだり暴言を吐かれたと佑花が伝えたところ、彼は深いため息をついた。

「沢崎の言ったことが確かなら、あいつは本当にとんでもない奴だな。どこまで性根が腐ってるんだ」

「外塚部長は、事前に谷平くんの評判を調べたりしなかったんですか？」

「今は個人情報保護にうるさいから、必要に迫られないかぎりはわざわざ聞いたりはしないよ。

リベレイトピクチャーズで制作部長をやっている石見《いしみ》とは一応知り合いだけど、仲がいいわけじゃないし」

「そうですか」

　とはいえ、市川が言っていた「谷平が他の社員のアイデアを盗んでトラブルを起こし、逆切れのような態度で辞めた」という話は看過できず、外塚は石見に連絡を取って詳細を聞いたらしい。するとかつて佑花にやったように、他の社員と親しくなったあとに巧みにアイデアを聞き出し、自分の企画として提出するということを複数回行い、トラブルになったことが判明した。

　被害に遭った社員たちが上層部に訴えて事が露見したものの、谷平は頑として認めず、結局退職したようだ。石見いわく、佑花のアイデアを盗用してコンペで入賞した当初は周囲から期待されていたものの、その後彼が出してくる企画はいずれも精彩を欠き、ここ数年結果を出せていなかったという。

　佑花から事情を聞いたあと、外塚は谷平を呼び出したものの、彼はそれに応じずに仕事を放棄して帰ってしまった。以来無断欠勤を繰り返し、何度出勤を要請しても無視し続けて、結局退職届を郵送で送ってきたのだそうだ。

　元々彼は試用期間中であり、まだ正社員ではなかったが、あまりにも社会人意識に欠けた行動に佑花は心底呆れてしまった。

（谷平くん、都合が悪くなると何も言わずに仕事を辞めるなんて、そんな考え方だとどこに行っても通用しないんじゃないかな。無駄に人当たりがいいから最初は上手くやれても、いずれ化けの皮が剥がれるだろうし）

外塚は谷平の行動に怒り心頭で、「この件は注意喚起として知り合いに話を広めるから、あいつが今後この業界で再就職するのは難しいと思う」と語っていた。

ちなみにリベレイトピクチャーズの石見とは今回の件を通じて仲よくなり、飲み友達になったそうだ。

一方、市川は谷平から腕をつかまれて暴言を吐かれた佑花を心配し、翌日飲みに誘ってくれた。そして「こんなことを聞くのは何だけど」と前置きして、確認するように問いかけてきた。

「沢崎は棋士の日生奨と、本当にその……つきあってるのか？　前に『この三年間彼氏はいない、絶賛募集中だ』って言ってたから、俺はてっきり」

「それは……」

佑花は日生と波部九段のＣＭ撮影が行われたあと、夜のジョギングで再会したのをきっかけにつきあい始めたこと、だが彼が有名人であるために交際の事実を伏せていたことを正直に話した。

すると市川は、驚いた表情になって言った。

「そうか。夜のジョギングで再会するなんて、そんなことがあるんだな。日生八段は最近スポーツ誌で記事になってたみたいだけど、あの記者たちが言ってたことって……」

「あの記事に書かれていた女性は、日生八段に悪質な付き纏いをしていたそうです。記者たちに反論したとおり過去も現在も交際の事実はなく、近々それがまた記事になるみたいです」

佑花が「法的手段も検討しているようだ」と話すと、彼がしばらく沈黙し、顔を上げて思いがけないことを言った。

「あのさ。——俺、沢崎のことが好きだったんだ」

「えっ？」

「入社以来、アシスタントとしてプロデューサーの補佐をする姿を見るうち、すごく気が利くいい子だなって思ってた。いつもニコニコしてて明るいし、忙しい合間を縫って企画書を何本も仕上げてくる根性もある。いつしかプランナーじゃなく、一人の女性として見ていた」

それを聞いた佑花は、日生が前日の行為の最中に「佑花は鈍感だから、あのプロデューサーが君のことを好きなのに気づいてないだろ」と言われたことを思い出した。

（えっ、あんなわずかな時間で市川さんの気持ちに気づく奨くんってすごくない？　洞察力があるのは、やっぱり棋士だからなのかな）

つい聞き流していてそれきりになっていたが、彼の勘は正しかったということだろうか。

そんなふうに考えつつ、佑花はしどろもどろに言った。

「あの……わたし、今まで全然気がつかなくて、その」

「結構アピールしてたつもりなんだけどな。ランチを二人きりで行くのは沢崎だけだったし、態度でも示してたつもりだけど、まったく伝わってなかったってことか」

佑花が「すみません」と謝ると、市川がやるせなく微笑んで言った。

「正直残念だけど、いつまでも気持ちを伝えなかった俺の作戦負けだ。沢崎のことは諦めるし、これからもプロデューサーとプランナーとしていい関係でいたい。日生八段とつきあってることは誰にも言わないから、安心していいよ」

「……市川さん」

確かに思い返してみれば、彼はさりげなく佑花を気にかけてくれていた。

谷平の件に関してもこちらの事情を親身になって聞き、知り合いから彼の情報を集めて外塚に進言してくれたため、よりスムーズに話が進んだといえる。

（わたしって、かなり鈍感だったんだな。こんなにいい人が好きでいてくれたのに、全然気づかないなんて）

谷平がいなくなってからの企画演出部は、至って平和だ。

今になって「彼ってコミュ力は高かったけど、頼んだことをきちんとやってなかったりして、結構仕事に手を抜いてたよね」という話もちらほら聞こえ、佑花は「やはり行動には人間性が出るのだな」と考える。

(わたしだって周りに行動を見られてるんだから、気を引き締めないと。評価されるように頑張ろう)

七月後半という時季にふさわしく、外はむせ返るような暑さだった。

気温が三十六度という猛暑のため、夕方になってもなかなか涼しくならず、佑花は汗をかきながら退勤後に駅まで歩き、地下鉄に乗る。

行き先は自宅の最寄り駅である幡ヶ谷駅ではなく、そのひとつ先の笹塚駅だ。タワーマンションのエントランスでインターホンを鳴らすとすぐに自動ドアのロックが解除され、佑花はエレベーターで二十一階に向かう。

玄関で再度インターホンを押すと、ドアが開いて日生が顔を出した。

「おかえり、佑花」

「ただいま」

彼とつきあい始めて二ヵ月近くが経つが、関係は良好だ。

仕事が終わったあとにこうして自宅を訪れたり、ときどき外で待ち合わせて食事をしたりと、普通のカップルのような交際をしている。一緒に歩いていると行き交う人の視線を感じることがあるものの、日生は気づかないふりで堂々としていた。

ここに至るまでには、一悶着あった。日生に執着し、あたかもつきあっているかのように匂わせていた仲嶋史乃は、それを覆す記事が出て世間から「えっ、嘘なの」「ただの痛い女?」という目で見られ、いたくプライドを傷つけられたらしい。

間を置かずに日生が契約した所属事務所から〝今後も付き纏い行為並びに日生の名誉を棄損する言動を続けるなら、法的措置を取る〟という文書が送付され、怒ってマンションまで押しかけてきたそうだ。

そして建物の前で「つきあってる女って一体誰よ」「私が嘘つきみたいに反論するなんて、一体どういうこと」「あんな記事を書かれたことで、私のインフルエンサーとしての活動を阻害された。訴えてやる」と息巻いたものの、彼に同行していたマネージャーに動画を撮影された上で警察を呼ばれそうになり、捕まれば今後の活動に差し支えると思ったのか悔しそうに逃げていったらしい。

だが「この程度では、ほとぼりが冷めればまた姿を現すかもしれない」と考えた日生は、史乃を潰すためにある対策を打ったのだという。

「アメリカの大学で研究員をしている彼女の双子の姉に、連絡を取ってもらったんだ。電話をしても出なかったらしいけど、留守番電話サービスに『私の元彼にしつこく付き纏ってるって聞いた』『あれだけ毛嫌いしてた私の〝お下がり〟に手を出すなんて、あんたも物好きだね』ってわざと馬鹿にした口調でメッセージを残してもらった」

するとと史乃は、すぐさま彼女に怒りの電話をかけてきたらしい。

そして「私が沙英子のお下がりなんかを、本気で欲しがるわけがない」「元彼を私が上手く育ててやったら、あんたが悔しがると思っただけ。あんな男、もう興味はないから」と息巻いて通話を切ったらしく、日生がその言葉の真意を説明した。

「双子で顔はそっくりでも、頭脳明晰な沙英子に対して史乃は子どもの頃からひどい成績で、長くコンプレックスを抱いていたみたいだ。着飾ることを覚えて高校生で雑誌のモデルになった彼女は、おしゃれに興味のない姉を見下し、とにかく反対の行動を取ることで優位に立とうとしていたらしい。沙英子に連絡を取った俺は、史乃が姉に対して抱く劣等感を逆手に取り、わざと俺を〝姉のお下がり〟という位置づけにして、彼女から『もう興味はない』っていう言質《げんち》を取ることで近づけないようにしてもらったんだ」

T大の物理学部を卒業したあとアメリカに留学し、有名大学で研究員を続けているという沙英子は、日生との電話で「妹が迷惑をかけて、本当にごめんなさい」と謝罪していたらしい。

もしまた問題を起こすことがあれば容赦なく法的措置を取っていいという許可もくれたようで、それを聞いた佑花は安堵と共に少々複雑な気持ちになった。

(奨くん、元彼女の連絡先を知ってるんだ。つまり嫌い合って別れたわけじゃないってことだし、

名前呼びもちょっとモヤモヤするな）

だがこちらも過去につきあった相手がいるのだから、おあいこだ。

過去の恋愛に目くじらを立てて日生との仲が拗《こじ》れるのは、佑花の望むことではない。ならば史乃を遠ざけられたという成果だけに目を向け、喜ぶべきだ——そんなふうに結論づけた佑花は、自分の中のモヤモヤにきっぱりけりをつけた。

「お腹空《なかす》いてる？　今日はグラタンとラタトゥイユ、鶏団子のスープを作ったよ」

「えー、うれしい。食べる」

先に帰宅していた彼の手料理に舌鼓を打ち、今日あったことなどを報告し合ったあと、佑花は将棋盤に向き合う。

ここ最近は「将棋を覚えて、日生と対局してみたい」という欲求が高まり、少しずつ勉強しているところだった。一方の日生は、次の対局相手の棋譜を見て研究していたり、雑誌のコラムを執筆していたりと好きなことをしている。

今はノートパソコンで詰将棋をやっていて、五〇〇手詰という難解なものをこなしているらしい。佑花が長考の末に一手指すと、こちらをチラリと見た彼が躊躇わず駒を置き、あっさり「王手」と告げた。

「えっ、王手？　何で？」

まさか一瞬で勝負を決められるとは思わず、佑花がびっくりして将棋盤に釘付けになると、日生が説明する。

「丁寧な指し手だったけど、ここで３一銀と打ったのが悪手だったんだ。そうすると、ここがこうなって、三手先で逆転される」

なぜ自分が詰むのかを駒を動かしながら丁寧に説明され、佑花は感心してつぶやく。

「奨くんって、やっぱりすごいね。他のことをしてるのに、盤上を見て一瞬で最善の手を打てるんだもん」

「まあ、それが仕事だから。でも佑花も、最初に比べたらだいぶ理解が深まってきたと思うよ」

幼い頃から数えきれないほど将棋を指し、己の才覚だけで勝ち上がってきた彼を、佑花は心から尊敬する。

勉強し始めてみると将棋は本当に奥が深く、難解なものだ。幾多の挫折を糧にし、深く思考することで磨き上げてきた勝負力が必要で、日生がどこまで高みに上がれるかを傍で見ていたいと佑花は思う。

（今はＫ戦の挑決トーナメントとＲ戦の決勝トーナメント、両方に参加してるんだもんね。それでいて勝負前だからってピリピリせず、いつもどおり泰然としてるんだから、本当にすごい）

彼がどんなに優れた棋士かを日々つぶさに感じている佑花だが、密《ひそ》かな夢がある。

それはいつかプロデューサーとなった自分が、日生が出演するCMを制作することだ。才能ある彼に引けを取らぬよう、上を目指す向上心を大切にしたい。その一歩として先日仲間の助けを借りて社内コンペの作品を完成させ、エントリーしたばかりだった。

（いつかわたしがプロデューサーになってどこかの広告代理店に企画を持ち込んで、奨くんに出演を依頼したら、受けてくれるかな。まだ全然夢の段階だし、話してないけど……）

カメラ映えする日生を素材にすれば、きっといいものが出来上がるはずだ。そんな想像をして思わず微笑むと、彼が不思議そうに問いかけてくる。

「負けたのにニヤニヤして、どうかした？」

今日も嫌になるくらい端整な顔を見て、いとおしさを掻き立てられた佑花は立ち上がり、日生の膝の上に座る。そして間近で彼と視線を合わせ、ささやくように答えた。

「そろそろくっつきたいなって思っただけ。奨くんは？」

甘い誘いを受けた日生が、ふっと表情を緩める。彼は微笑んで言った。

「奇遇だな。――俺もだ」

日生がソファの座面に身体を押し倒してきて、佑花は彼の顔を見上げる。

この先ずっと、何年先でも一緒にいられたらいい。そんなふうに願いながらキスの予感に胸をときめかせ、そっと目を閉じた。

あとがき

こんにちは、もしくは初めまして。西條六花《さいじょうりっか》です。

『イケメン棋士の溺愛戦略にまいりました！　刺激つよつよムーブで即投了』をお届けします。ルネッタブックスで十一冊目となるこの作品は、ＣＭプランナーのヒロインとイケメン棋士のラブストーリーとなりました。

今回は将棋のお話ですが、大人の事情でいろいろな部分をぼかして描写しております。そのため、読みにくい部分やわかりづらいところもあると思いますが、ご理解いただけますと幸いです。

ヒーローの日生は頭脳明晰なイケメンである一方、極度のあがり症という設定で、対局中とのギャップを楽しく書きました。

ヒロインの佑花は前向きな性格のＣＭプランナー、正反対なタイプの二人ですが、仕事の虫なところが一緒なので、仲よくやっていくのではないかなと思います。

ちょっと気の毒なのは、当て馬ポジションの先輩・市川ですね。彼はとても性格のいいイケメンで、ＣＭプロデューサーとしてものすごく才能のある人なのですが、佑花にアピールしきれなかったことを引きずってそうです。

それから史乃はあの事件のあとにフォロワー数が激減し、かなりのダメージを負ったのではないかなと思います。ネットの世界では一度ネガティブな印象がつくとずっとそのことが付いて回るので、他人事とは思わず気をつけなければなりませんね。

イラストは花綵《かさい》いおりさまにお願いいたしました。艶っぽい仕上がりで、日生はイケメンに、佑花は可愛らしく、素敵な表紙になっております。

今作品は、二〇二五年の一月の刊行です。今年もいろいろなお話を出していく予定でおりますので、書店等でお見掛けの際はどうぞよろしくお願いいたします。

参考書籍
『師弟　棋士たち　魂の伝承』野澤亘伸・著（光文社文庫）
『全戦型対応版　永瀬流負けない将棋』永瀬拓矢・著（マイナビ将棋BOOKS）
『将棋のすごい記録大全　大山、中原、羽生、藤井――天才たちが打ち立てた奇跡の記録』（マイナビムック将棋世界Special）

ルネッタブックス

イケメン棋士の溺愛戦略にまいりました！

刺激つよつよムーブで即投了

2025年1月25日　第１刷発行　定価はカバーに表示してあります

著　者　西條六花　©RIKKA SAIJO 2025
発行人　鈴木幸辰
発行所　株式会社ハーパーコリンズ・ジャパン
東京都千代田区大手町 1-5-1
04-2951-2000（注文）
0570-008091　（読者サービス係）

印刷・製本　中央精版印刷株式会社

ISBN978-4-596-72161-7